反转，追诉时效

[日] 深木章子 著
邢利颉 译

台海出版社

◇千本樱文库◇

◇前言 PREFACE

文库，原本是指收纳书物的仓库和书库，也指收纳书与记事簿，以及不常用物品的小箱子。以前者为例，京滨急行线的“金泽文库站”就是以前镰仓时代北条氏用来收藏汉书用的，“金泽文库”名字的由来便是如此。东京都的世田谷区也存在着收集着珍贵汉书的“静嘉堂文库”。后者则更多地被称为“手文库”。

江户时代以来，可以放入袖袂的小开本书籍逐渐流行起来，被称为“袖珍本”。明治三十六年（1903 年），富山房发行了小开本的丛书，起名“袖珍名著文库”。随后，明治四十四年（1911 年），讲述战国时代的猿飞佐助和雾隐才藏系列故事的讲谈社“立川文库”发行出版。讲谈是日本民间艺术，以口语化的方式讲述历史故事的形式。而“立川文库”则是将讲谈收录成册集中出版的丛书，据统计，当时刊行量为 200 册左右。从那时起，文库就脱离了原本的释意，逐渐演变成了现在的类书集丛。

文库的说法借鉴了日本出版业界的传统说法。而千本樱源自日本奈良县吉野山樱花盛开的奇景，世人皆称“一目千本樱”来形容樱花美景。千本樱文库的纳入作品皆为日系作品，题材包括推理、悬疑、幻想、青春、文化等类型，正如千本樱满山盛开的绝景。

现代日本，以“文库”命名刊行的丛书系列有200种以上，所谓“文库本”只不过是统称而已。日本传统的“文库本”常用的是A6尺寸的148mm×105mm，也叫“A6判”。千本樱文库的所有书籍将在“文库本”的基础上提升，达到148mm×210mm的开本标准。追求还原的前提下，力图带给读者更清晰的阅读体验。

从20世纪70年代以来，日系推理小说逐步进入中国读者的视野。随着时代更替，涌现出一大批不同风格的作家。日系推理能够长久不衰的原因之一在于设立的各种奖项，这些奖项能为日本文坛输送新鲜血液，不断地创作优秀作品。2010年，深木章子凭借《鬼畜之家》荣获“第三届蔷薇之城福山推理小说新人奖”。2013年出版了第二部小说《衣更月一族》，2014年推出第三部小说《螺旋之底》，连续两年入选“本格推理小说大奖”的候补作品。2015年第六部小说《密涅瓦的报复》也入围“日本推理作家协会奖”。据此，她作为本格推理小说家的实力与风评都已经得到证明。

《反转，追诉时效》是她的第一部短篇作品集，她通过不同以往的轻盈笔触，塑造了一位十二岁的“安乐椅侦探”树来。书中每个短篇故事都是高质量的案件，再加上热爱推理作品的小学六年级学生“赢过”了老练的退休刑警，这份“反转”感十分有趣。快来阅读其中的故事，和树来共享推理的乐趣与刺激！

千本樱文库编辑部

MULTI-NEW ROUTES OF MYSTERIES

推理的多元新航路

如今，推理已经成为全世界都非常热衷的娱乐元素，冠以推理概念的动漫作品、影视作品、游戏作品更是层出不穷。

随着这些娱乐形式深入到生活的方方面面，作为原生土壤的推理小说却日益被边缘化。为了适应不同时代读者的需求，推理小说也会进行相应调整，因此，世界各国的推理小说都在探索新的内容与形式。

不同的时代会涌现不同风格的文学作品，推理小说也无法脱离时代背景。在经济全球化愈演愈烈的现在，推理也在多元化的大航海中不断开辟着新的航路。所以，我们不仅要挖掘深埋于历史中的名作，也要竭力推广优秀的新作品。

从某种程度来说，奖项和销量是衡量一部作品的重要指标，获奖作品与畅销作品代表着所处时代的文化趋势。但是，任何时代都有很多充满创作热情的作者，他们的作品或许没能满足当时市场的需求，却同样富有个性与魅力。

“推理的多元新航路”旨在敢为人先，在发现、传播新人佳作，为推理文化注入活力的同时，我们也想将埋藏于历史的杰出作品传递给热爱推理文化的读者。宛如大航海时代一样，联结古今文化，共享推理盛宴。

千本樱文库

反转，追诉时效

目录 CONTENTS

通往天空的旋转楼梯 001

座敷童子是谁 043

犯人就是我 083

交换杀人意如何 119

两人是一人 165

天使的拍球歌 207

通往天空的旋转楼梯

我自幼便反复做着同一个梦。

在梦中，我一边喃喃自语着“又是这个梦啊……”，一边继续行走。

一座螺旋状的楼梯在空中浮现，散发着微弱的光芒，就宛如一股铁制的龙卷风突然从平地上卷起。

厚厚的云层遮住了楼梯的终点，教人没法瞧见。

我逐级而下，鞋底踩着楼梯，发出“咔锵”“咔锵”的声响。

突然，我脚下的世界一下子消失了。

失去了立足之地后，按说人将会以骇人的速度往下坠落，但我却产生了一种仿佛自己正飘浮于空气中的错觉，甚至忘记了恐惧。

狂风扑面而来，风力强劲得几乎令人窒息。

我的意识随之远去，同时有一个疑问席卷了我的大脑：

为什么我始终没有掉到地面上呢……

1

“爷爷，您当了一辈子警察，其间有没有遇上过‘密室杀人案’呀？”

君原老人吃完一顿简单的早餐（吐司面包加荷包蛋），正靠在起居室的沙发上看报纸。闻言，他抬起眼来，只见孙儿树来的眼睛瞪得圆圆的，正紧盯着自己，十分可爱，而且神色中还带着几分不好意思。

时值七月下旬，孩子们迎来了暑假，接下来就要进入名副其实的盛夏了。尽管眼下还是上午时分，君原家小院子里那茂密的杂草却已经因为暑热而打了蔫。

他猜得出树来为什么突然一个人跑到自己家来玩。

树来是他的孙儿，今年十二岁，上小学六年级。“树来”这个名字虽由两个汉字组成，但念法却取自英语中的“七月”；此外，树来有个相差三岁的妹妹，名叫“麻亚知”，念法则取自英语中的“三月”。

就算会被人认为是食古不化，君原也反对这么给孩子取名。

当年他曾问过树来的父母，“树来”这两个字有什么含义，结果儿子低下了头，坐在儿子身旁的儿媳妇却满不在乎地答道：

“哎呀，这只是假借字嘛。”

但名字就和姓氏一样重要，是能够影响自己一生的东西，怎么能把出生的月份作为孩子的名字？更何况还借用了英语的读音！

因此，君原没能掩饰住自己的心情，当场面露不快。

按说祖辈对孙辈都是疼爱备至的，然而，他之所以会和树来如此疏远，可不只是因为和儿子夫妇俩在给树来取名时发生过争执；其实他压根就看不惯他们俩的行事作风，包括他们和亲戚、邻里打交道的方式，包括他们对家具和日用品的喜好，甚至包括他们一日三餐的菜谱。因此，尽量避免接触才是保持和谐的最佳策略。

三年前，君原的妻子去世了，尽管他的儿子和儿媳妇没有提出要和他一起住的建议，但他也并未因此感到寂寥。虽然这么说有些对不住亡妻，但在某种意义上，他反倒过上了毫无压力的独居生活，相当惬意。当然，他良好的身体状况是这份大好日子的前提。

当树来打电话说想来这边过暑假时，君原还没来得及高兴，便先感到了些许困惑。

“哎哟，树来这小子，最近好像开始对爸爸您的工作感兴趣了。没事，您不用操心他吃饭的问题，现在的孩子想吃什么都会自己去便利店买。”

电话那头换成儿子来说明情况，可君原听后仍半信半疑。

他的亡妻很讨厌刑警这个职业，直到临终前依然对工作第一、家庭第二的丈夫抱恨在心。既然连母亲都抱着这样的想法，由她带大的儿子自然也当上了以家庭为重的上班族。说到亡妻，她是个热衷于生养孩子、让孩子认真备考的人，并且罔顾丈夫微薄的薪水，把儿子送进了私立的一贯制学校[1]。诚然，在刑侦题材的电视连续剧中经常可以看到孙儿憧憬着爷爷刑警身份的桥段，但君原并不认为自家的树来是认真的。

君原的儿子住在东京，房子是公司提供的员工住宅，从那里搭乘电车来到君原家其实不过一个半小时，可他上次见到孙辈们还是在正月。因此，昨天下午树来背着帆布包出现在玄关口时，君原发现他已经长大了不少。

不过君原愣是没料到这个年纪的孩子胃口这么惊人。他带着树来去了开在车站前的回转寿司店吃晚饭，由着他敞开肚子享用握寿司，之后又请他吃了甜甜圈和冰茶充当饭后甜点。这对靠退休金过活的君原而言，着实是豁出去了。

在树来大快朵颐期间，君原零零星星地问了他关于学校以及父母

1　一贯学校是一种一体化学校，包揽从学前教育（幼儿园），到初等教育（小学），到中等教育（初高中），到高等教育（短期大学或大学）中的一段或全部。它是一种新型办学模式，体现了教育的一体化和规模集聚效应，也有助于教学设施、场地、师资的高效共享。由于它把教育的功能主要定位在发展而非选拔，因此学生通常可以在升学时选择内部直升。——译者注

的事，不过两人之间的问答简直就像面试那般生硬，无论如何都畅快不起来。

突然，君原像是想到了什么似的开口套话了：

“树来，你将来想做什么？是像你父亲那样进公司当职员，还是有其他向往的工作？”

“我还没想清楚，有点想当作家，但或许没有这方面的才能。”

果然，他没有说想成为刑警。

他似乎很喜欢看书，帆布包里的行李有一半都是面向成年读者的文库本，而且几乎都是推理小说。和君原一起外出吃晚饭时，他还拿出其中一本抱在胸前，仿佛那是什么宝贝似的。

事实上，君原也不讨厌推理小说，在年轻时读了很多。然而现实中的案件及搜查工作和推理小说完全是两码事。要是作者索性以孤岛或古堡为背景，创作一个虚构的故事，他倒还能泛泛而读，至于那些带有现实感的半吊子社会派[1]作品，则让他倍感头疼。

既然树来口中冒出了“密室杀人”这个词，看来他的梦想是成为一名推理小说家，说不定已经在尝试创作了，还想从身为退休刑警的自己这里得到相关的知识或写作素材。

一旦想通了这点，君原便一下子觉得树来十分可爱。心想自己居

1　社会派是一种作品风格，在题材上更注重各种值得思考的社会问题，在内容上更注重突出现实感并带有大量的走访调查记录，逻辑偏向严密朴实，以对人性进行深入的描绘与剖析。——译者注

然曾对这样天真无邪的孩子抱有戒心，怀疑他来这里过暑假的目的，真是相当可耻。

君原的职业生涯基本上都是在刑事犯罪部门度过的。尽管从警的头几年里，他还在自己当时所属的警署中辗转于各个部门，而不久后便被调到了刑事犯罪科，三十岁那年更是受到提拔，进入了C县县警署总署的刑事犯罪部。之后，他就一直以搜查一科为中心，作为一名从基层奋斗上来的刑警，踏踏实实地积攒起了实战经验。他虽不具备长袖善舞的官场本领，不过颇受上司青睐；而且他不追求更胜以往的破格晋升，对自己那朴实却充满尊严的峥嵘岁月深感自豪。

其实在现实的搜查中，警方不可能真遇上密室杀人，但想来会让树来高兴的案子，或多或少还是有的。

“我没经历过你期待的那种密室杀人案，毕竟所谓的‘密室诡计’实际上并不怎么好用，在作案时费这种工夫毫无意义。”

树来原本凝视着君原，可听到这句话，他的眼神便黯淡了下来。

“嗯，确实。”

君原微微笑了，露出了一副连自己亲生儿子都不曾见过的和蔼表情，继续说道：

“不过我倒是办过一桩有些争议的案子，它属于广义范畴上的密室杀人案，现场可以说是个‘没有天花板的密室’吧？那已经是很久之前的事了。”

闻言，树来瞬间笑开了花。

2

那桩案子发生时，君原正任职于C县县警署总署的刑事犯罪部搜查一科。

那是三月上旬的某个早晨，天气乍暖还寒，时间已过八点，有人发现了C县A市内一家民宿的业主——武宫一彦的尸体。

这家民宿名叫“旋风馆”，武宫一彦就死在该民宿内，死因是颅骨凹陷性骨折[1]以及脑挫裂伤[2]引起的脑出血，且头顶有遭到平面钝器用力击打的痕迹，基本上可以被判定为当场死亡。

从面向公路的大门进入供客人居住的住宿楼时，要经过一条沥青过道。一彦的尸体就在那条过道上，整体呈俯卧状，头部朝向大门，手中据说空无一物，现场也没有搜出任何类似凶器的物品。

死亡推定时间是前一天的晚上七点至九点，最先发现死者并报警的是该民宿的非住宿员工——武宫良机（二十三岁），而他同时是死

1　颅骨凹陷性骨折是骨折局部以骨板凹陷为主要特征的一类骨折，它可以单独发生或与线状骨折合并发生。一般在致伤物作用面较局限、作用力较大且作用速度不快时才能形成，最常见于钝器打击。——译者注

2　脑挫裂伤是脑挫伤和脑裂伤的统称，两者经常同时发生于交通事故、受打击伤等时候，会伴有意识障碍、视野缺损、头痛呕吐等现象，严重时甚至可致命。——译者注

者武宫一彦先生的侄子。早上，他照常从自住的公寓来到民宿上班，步行需花上十分钟左右。

“旋风馆”和大部分民宿一样，是由一家人自行经营的。固定的工作人员有三人，分别是身为业主兼厨师的一彦、负责待客的茂美（一彦先生的妻子，三十七岁）以及负责园艺工作及各种杂务的良机。此外，据说他们还会在夏天的旅游旺季等时段招一些临时工帮忙。

案发时，茂美正在位于东京的娘家参加法事。而且她几天前就回娘家去了，民宿甚至为此临时停业了两天，自然没有住客。换言之，案发时该民宿内仅剩一彦一人。

假如还有其他人在现场，则很可能与本案有所关联，但最终不见任何人前来自报姓名，主动承认自己当时身在“旋风馆”。

而说起“旋风馆”这个名字，其实来自这家民宿的标志性建筑——一座铁制的螺旋状楼梯。它几乎挤满了铺设着草坪的整个庭院。

它虽呈螺旋形，却和普通的旋风不尽相同，拥有一个显著的特征。它整体呈龙卷风状，犹如先把盘形蚊香的中心点固定在地面，再捏住其最外环向上提起后的样子。假如这番比喻还不够易懂，那么不妨想象把冰激凌甜筒上的冰激凌部分倒置时的模样。

从远处看去，它的楼梯部分就像一个角度缓和的坡道，路面宽敞而舒适。

沿着这座银光闪闪且形似盘踞的大蛇般的楼梯上行，终点处便是“旋风馆”的屋顶。

据说业主一彦自孩提时起便对旋转楼梯异常上心，因此他深以馆内的楼梯为豪，每晚都会顺着这条螺旋形的路线上下走动，仰望夜空，诉说自己的梦想：总有一天，他要买下北海道广袤的土地，建起一座龙卷风状的楼梯，而且要建得直达天空！

由此可见，这家民宿的旋转楼梯也许正是他的试验作品。

“旋风馆”分为上下两层，其中位于屋顶一角的阁楼是业主一彦的房间，一楼是大堂、厨房兼餐厅，二楼是客房，此外还有利用楼梯井建造的小型体育馆。在冬天的淡季或者天气糟糕的日子里，客人便能去体育馆打羽毛球、打乒乓球、玩迷你蹦床等，小型体育馆广受带着家人或组团前来的客人们的好评，因此成为 “旋风馆”的卖点。再加上屋顶也对客人开放，每逢天气晴好的日子，大家可以靠在躺椅上享受日光浴；若是赶上旺季，一彦还会将屋顶当作自助烧烤的场地，总之堪称把位于A市市中心的这一小块地皮活用到了极致。

然而，在经济长期不景气的影响之下，“旋风馆”这几年的经营状况似乎已到了山穷水尽的地步。一彦为了将自己的坚持贯彻到底，便大幅度提升了建筑费，金额远超原定计划，这一点简直远近闻名。再后来，他深陷困境，甚至向小额借贷行业借钱，以偿还银行的贷款。可这下，债务便如同滚雪球般越积越多，他终于被高利贷逼着还钱。

可能是操心过重，积郁成疾的缘故，他在三年前患上了抑郁症，之后一直去医院接受治疗，所以也难怪别人会直接怀疑他死于自杀。

不过，该假说中存在着决定性的难点，那就是警方遍寻现场却未找到凶器。别说死者伸手能及的范围了，警方还搜索了整个庭院，结果地上连一根棍子也没有。更何况致命伤就在死者头顶，下手很重，打得一彦的头盖骨都凹陷了。倘若是自杀，那么死者究竟使用了怎样的凶器？毕竟，仅靠自己的力量可无法造成如此严重的伤害。

如果他是头朝下从旋转楼梯上跳下来的，头顶部分确实有可能遭受重击，但地面上总该留下相应的痕迹才是。于是，死者跳楼自杀的论调也不攻自破了。

排在第二位的焦点便是死者一彦在前年秋天购入的人身保险，其保额达到了一亿日元。警方内部当然探讨了为取得保险金而杀人的可能性，可很快就触礁了。理由除了保险的受益人茂美远在东京的娘家之外，连侄子良机也有确凿的不在场证据。

尽管现实中多多少少存在高利贷经营者杀死欠债人，并回收保险金以抵债的情况，但这个调查方向也早早地走到了死胡同。无论怎样调查重要的相关人员，结果他们或是拥有不在场证明，或是认为这点钱远不够让人下定决心动手杀人。这么一来，警方便揪不出任何重点怀疑对象了。

由于“旋风馆”内毫无杂乱之处，很难让人认为这是一桩单纯的盗窃案；而被害人性格沉稳，尤其近年来一直窝在家中，交际范围极为有限，被人怨恨的可能性很低。

综上，警方认为，果然“金钱纠纷”才是最为可靠的调查方向。

3

“哇，厉害！简直就像是真正的推理小说！”

树来的声音听起来非常高兴，君原却露出了苦笑。

“但人绝对没法把自己的头顶打碎吧？”

树来又补充了一句，转而陷入沉思。

“反正在那桩案子里是不现实的，而且死者的尸体附近没有一件能拿来充当凶器的物品。”

“没有树枝吗？”

“圆木棍倒还好说，树枝不行。哪怕打得再用力，靠树枝也打不死人。当然了，现场的确连一根小树枝都没有。”

“可是庭院里铺了草坪吧？难道没有修整工具吗？”

“迷你体育馆的最里侧被拿来做仓库了，提供给客人们的玩具就堆在里边，还收纳了安全帽、防灾头巾、应急储备食品等防灾用品，以及除草机、铁锹、锤子、螺丝刀等工具。可问题是，仓库的大门和体育馆的大门都关得紧紧的。”

说到此处，君原慢条斯理地从笔筒中取出一支马克笔，提议道：

“对了，我把现场情况画出来吧，亲眼看到比光听解说更容易理解。”

桌上正好有一张广告纸，君原在它的背面“唰唰”几下，画了一张示意图。

所谓刑警，在面对自己经手过的案子时，就算事隔多年，也依然不会忘记案发现场的景象；在他们的眼里也好、心中也罢，那些场面完全就像发生在昨日那般清晰。

“嘿，这可太让人高兴了！”

树来发出欢呼声，紧盯着示意图。不过从位置关系来判断，受害人亲自把凶器放进迷你体育馆的可能性几乎为零。

他似乎也理解了这一点，并再度冥思苦想了起来。

君原看向眼前的孙儿，看着看着，突然回想起了一些往事。

“硬要说现场有什么可疑的，就数那件‘羽衣’了吧。”

“羽衣？”

树来瞪圆了眼睛问道。

“没错，那件‘羽衣’的长度大约有一米二，但宽度只有三十厘米左右，深灰色，质地薄如蝉翼，很像是女人用来围脖子的那种长款丝巾。”

“长款丝巾？”

“嗯，和围巾差不多，但围巾主要用于御寒，长款丝巾则似乎是为了打扮才戴的。‘旋风馆’南侧的邻居家种着松树，那条深灰色的长款丝巾就挂在松枝上。”

君原拿过示意图，在“旋风馆”南侧邻宅的地皮上画上了一棵松

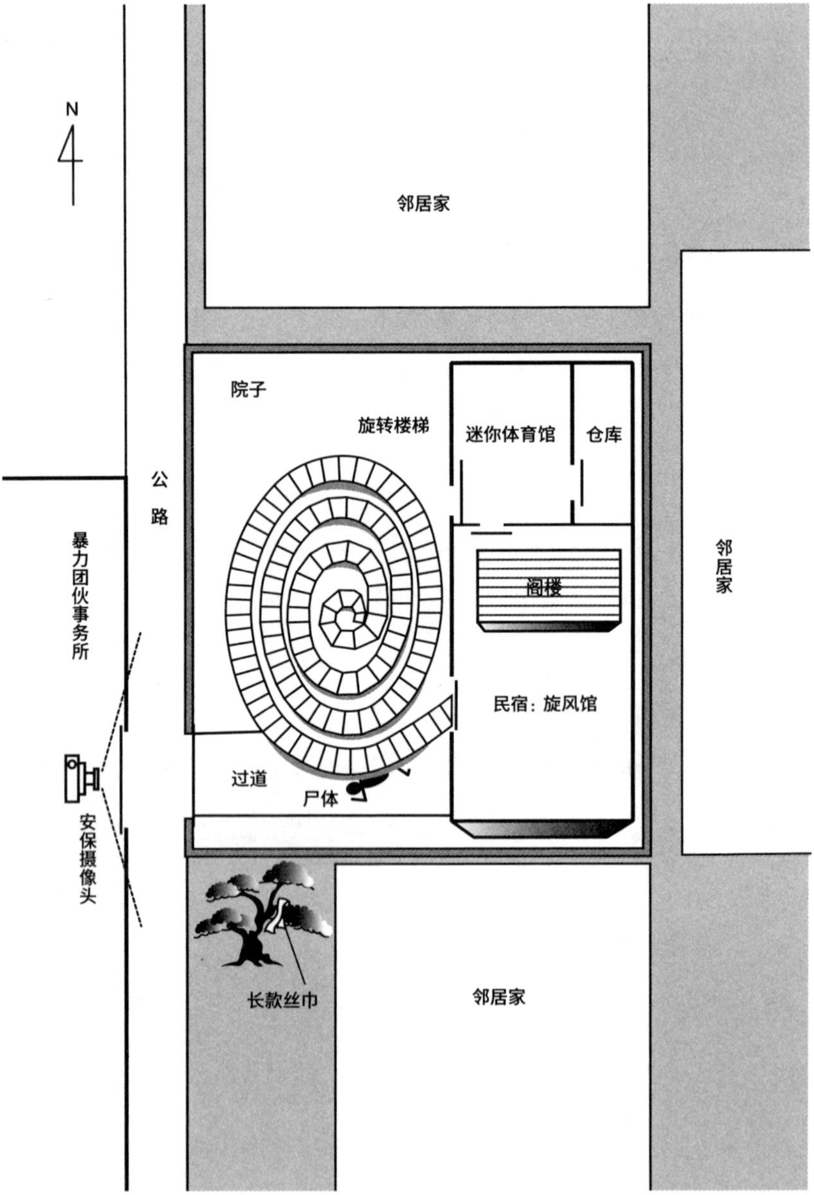
N
邻居家
院子
旋转楼梯
迷你体育馆
仓库
公路
暴力团伙事务所
邻居家
阁楼
民宿：旋风馆
过道
尸体
安保摄像头
长款丝巾
邻居家

コーヒー

“对了，爷爷啊，我下次还能来您家住吗？”

10
2
9

树，形状惟妙惟肖，松枝上还缠了一条细长柔软的长款丝巾。

“说起‘羽衣’，你可能不太明白，其实它有个相关的古老传说。古时候，在静冈县的三保半岛有一个叫作‘松原’的海岸，一位下凡的仙女降落在那里，把身披的羽衣挂在松树枝上之后便去洗澡。一名男子偶然瞧见了这一幕，于是藏起了羽衣。仙女十分无措，对男子哭诉着说，没有羽衣她就没法回天上去，因此男子将羽衣还给了她，但代价是请她为自己跳一支舞。最后，仙女挥动着羽衣，一边跳着美轮美奂的舞蹈，一边向天空飞去。”

“噗。”

“这么一想，那条长款丝巾便相当于羽衣；当时的情景就仿佛是有仙女降临在那一带，并偶然把羽衣挂在了松枝上。考虑到那天的黎明时分刮着大风，所以丝巾肯定是被风给吹上去的。而且它好像是全新的，却沾了一点泥土。鉴于那可能是凶手落下的东西，我们很慎重地展开了调查。”

“结果那是谁的东西？”

“不知道。死者的妻子茂美说不是她的，她连见都没见过。种了松树的那户邻居则是一对年过八十的老夫妻，对那条长款丝巾也毫无印象。保险起见，我们挨家挨户问遍了附近的居民，物主却始终没有出现。不过，丝巾这种东西也没法成为凶器的代用品，由此我们当时便认为它就是碰巧被吹过来的。”

“既然不是自己搞出来的伤，那就是有人从死者背后突然偷袭啰？这也不是和别人起争执造成的吧？要是死者曾和谁发生过摩擦，那么从一开始便不会有‘自杀’这个议题。只不过啊，我有些不明白，就算他是为保险金而自杀的，可他投保毕竟才一年半，保险公司能给理赔吗？”

树来开始自问自答，到底没白读那些推理小说。

“在那个年代，人身类保险签约满一年之后，即使投保人自杀，也会得到保险金。但现在普遍都得过个两三年才行了。”

“这……他果然是自杀？”

“不。那个旋转楼梯呈喇叭形，越是往上，圈口直径越大；而死者的尸体就位于某一级台阶的正下方，从那级台阶到地面的垂直距离足足有三米半。如果是处于较低位置的台阶，他倒还有可能自行用头撞上去，可按实际的高度来看，这绝对办不到。”

“旋转楼梯应该有一根起到支撑作用的铁制中柱吧？他就没用力去撞那根铁柱？”

“没撞。他头上的伤口处糊着血，已经凝住了，一片黑红。我们仔细调查了那座旋转楼梯，从上到下每个角落都未放过，不过并没有找到血迹。”

“原来如此。”

树来看着有些遗憾。

“我多提一句，在‘奔着保险金而自杀’的假设中，其实存在着致命的缺陷。我刚才说过，死者一彦因为抑郁症而一直去医院接受治疗对吧？这病可不是闹着玩的。随着症状加重，患者自杀的危险性很高。要是他真得了抑郁症，那么应该没法参加人身安全类保险才对。但事实上，他成功投保，这说明他对保险公司隐瞒了自己患有抑郁症的事实，违背了‘告知义务’，属于重大违约行为。加上他参保还不到两年，哪怕被保险公司解约都很正常。所以他应该很清楚，假如他自杀的原因正是他所隐瞒的病情，便得不到任何保险金。”

“是吗？那有没有可能是他的家人干的？他们的关系融洽吗？”

听孙儿这么问，君原笑了出来，说道：

“我们树来已经完全是个大侦探了呢。”

不知何时，树来已一屁股坐在了君原面前的地毯上。

“的确，一家之主得了抑郁症，家人会很辛苦。不过在询问过程中，我们未曾听说他们三人之间存在纠纷。根据茂美的说法，他们夫妇感情没有问题，和良机的关系也不错。她把良机当成自己的亲生儿子，还和丈夫一起期待着良机将来找个好媳妇，继承‘旋风馆’。”

“那么，茂美太太和良机先生的不在场证明确实过硬吗？”

“嗯，没有任何问题。死者的死亡推定时间段内，茂美太太正待在位于东京的娘家，被一大群人包围着，大家都是为参加亲戚的法事才聚在一起的。从她娘家到A市的‘旋风馆’，就算飙车也得花上两个小时。

“而发现尸体的良机也拥有充分的不在场证明。出于对将来的考虑，他打算考一些资格证，据说已经开始听讲座了，是关于‘地产交易处理人’国家专业资格考试的。案发当天的傍晚六点至晚上八点，他都在讲座现场，之后又和一起参加讲座的同伴们吃饭、唱卡拉OK，玩到晚上十一点多。如何？很完美吧？”

树来一言不发。

“难道你还打算说，‘不在场证明越是确凿，其证明的对象就越有古怪’吗？”

听到君原略带逗弄的语气，树来露出了一丝生气的表情，似乎想说自己是认真在思考的。

“我并没有这种想法。对了，警方给出的死亡推定时间肯定不会出现差错吗？”

“不会错的。通过死者胃中的残留物，警方可以推出死亡时间，而且结果相当准确。据说良机在那天下午五点做完工作后就回家了。因为民宿临时停业，他便忙着干一些平时安排不上的活。

“一彦在临近中午时准备了午饭，下午则上了屋顶，回自己的房间休息去了。因为患了抑郁症，只要没有安排，他都会闷在房里。傍晚六点前，茂美从东京的娘家打了电话给他。虽然那个年代没有手机，只有座机，不过通话记录倒是都在，于是可知一彦当时确实在家。茂美表示，在一彦接听电话时，没有任何不对劲的感觉，也没听说有谁上门。”

“这样吗？那没辙了。”

树来低下了头，满脸懊恼地咬住了嘴唇。

“树来，你无论如何都想把一彦的死和保险扯上关系吗？”

说完，君原便发现自己不知不觉间已经对好奇心旺盛的孙儿产生了强烈的兴趣。

回想起来，在儿子上小学时，自己可从没跟他进行过这般对话。不，别说像这样交流了，当时他甚至没考虑过儿子在想什么、在做什么。

“因为一旦涉及保险金，动机就会很有说服力嘛。金钱纠纷的调查方向虽然也很有道理，可那真的是事实吗？至少高利贷的催债人做的是通过威胁对方来讨钱的生意，我觉得他们不会突然用钝器击打死者的头部。”

树来的理论丝毫不带孩子气，君原对此很是佩服。

他端正了态度，想着真是不能小看孙儿。

而树来就像是看穿了君原的心思似的，说道：

“首先——”

他顿了顿，抬头看了爷爷一眼，眼神里透着狡黠：

“凶手基本上不可能是外来人士，毕竟案发当时，‘旋风馆’是个密室吧？”

4

树来之所以会指出“案发时的民宿‘旋风馆’是个密室”，其实只是君原用“没有天花板的密室”来做了形容之故。应该说，这其中包含了很大的歧义。

作为一家民宿，尽管它在构造上是封闭的，但总归要接待客人，不可能二十四小时都上着锁。而即使没有客人，整块地皮也对着天空敞开。就算在平地里无法入内，“从上方进入”这一选项在物理层面上仍具备可行性。那么，何来“密室”一说呢？

“旋风馆”的整块地皮呈长方形，被一圈高达两米的木制栅栏包围，出入口只有面向公路的那扇大门。由于一彦先生那几近病态的洁癖，大门和栅栏顶部也密密麻麻地装上了尖锐的防猫刺垫。除非有人进出，不然连一只幼猫都跑不进来。

毕竟任谁都不希望自己精心打理的草坪沦为野猫的厕所，而且一彦无法忍受它们霸占他引以为豪的旋转楼梯。良机表示，在发现叔父一彦去世的那天早上，大门虽未上锁，可还是关得牢牢的。

当然了，即便上了锁，对于稍微有些“技术”的人而言，打开它照样是小菜一碟。

不过，在作为搜查机关的警方看来，称其为“广义的密室杀人案”其实有着相应的理由。有一件事从客观角度证明了案发前后没有一人出入过“旋风馆”那唯一一扇通往外界的大门。

“旋风馆”的西侧是一条公路，大门朝向公路而开；门对面有一座独栋建筑，乍一看只是普通的住宅，但实际上那是经警方认定并登记在案的暴力团伙——“S帮”旗下的事务所。

再看“旋风馆”本身，其大门并未被设在西侧那排栅栏的正中间，而是开在贴近南侧栅栏的位置；整块地皮的东半部分建有作为住宿楼使用的房屋建筑，西半部分则是有旋转楼梯坐镇的草地庭院。由于连接着大门和住宿楼的沥青过道是沿着南侧栅栏铺设的，因此大门的正对面就是那家暴力团伙事务所的入口。

当时“S帮”正好发生了内斗，那家事务所随时可能受到袭击。为此，他们于不久前在入口处安装了最新式的安保摄像头，二十四小时都严加戒备。而那个摄像头一并也把“旋风馆”的整扇大门拍得一清二楚。

该事务所应警方号召，为调查工作提供了支持。结果，自良机发现一彦的尸体后仅过了一天，警方便了解到，在案发当天下午五点（即良机离开“旋风馆”的时刻）到第二天上午八点的那段时间里，“旋风馆”的大门一次都没有被人开启过。

“S帮”的安保摄像头设置得极为隐秘，良机似乎压根儿不知道它的存在，不过这对他而言可谓幸运至极。他声称，自己是在上午八点到岗后发现了身亡的一彦并立刻报警；而摄像头拍到的录像以及警方提供的接警记录也为他的证词提供了支持。

为此，警方感到非常烦恼。如果上述情况皆属实，那世上就不存在能够杀死一彦的人。

“旋风馆”周围还有几户普通人家。它南北两侧的房子里分别居住着一对年过七旬的老夫妇和一对耄耋之龄的老夫妇，东侧的邻居则是一对三十多岁的夫妇，两人带着一个学龄前的孩子。然而这一家三口的房子和“旋风馆”相背而建，从家里看不到“旋风馆”的庭院和过道。

北侧的邻宅是一栋两层小楼，透过二楼的窗户倒是能瞧见“旋风馆”的庭院，可实际上窗户基本都被家具挡住了；至于更靠近死者尸体的南侧邻宅本就是平房，仅有一扇开在厕所上的小窗面向“旋风馆”的庭院。

因此不得不承认，通过邻居家的窗户攻击死者一彦的可能性极低，再加上一彦平素便以稳重著称，大家都承认他从不与邻居发生争执。

当然，还有另一种可能性，那就是以一彦为目标的第三人悄悄潜入邻居家的地皮，翻过栅栏，入侵“旋风馆”。

关于这一点，若换成小说的话，确实能立马出现五到十种实现方法；只不过，在凶手作案时，“旋风馆”的大门可未必是上锁的，既然连邻居们都不知道对面的暴力团伙事务所安装了安保摄像头（甚至帮派内也只有极少一部分成员知道此事），那么凶手肯定也不知情，所以实在没有理由要冒着风险，特地从邻宅摸入“旋风馆”。即使这在理论上可行，但现实中的犯罪者绝不会实施任何无用的诡计。

因此，搜查阵营虽未明确说出口，可实际上已经把它看作密室了。总之，“警察”这类人是不会考虑凶手坐着热气球入侵的情况的。

“自杀论”的难点无法消解，事态也就无法取得进展。警方很难否认搜查工作进入了死胡同，且这种状况还在持续。其实他们十分清楚，一彦的死已没法简单地用“自杀”来结案了，不过希望走一条轻松的路总归是人之常情。

就在走投无路的搜查阵营打算向“自杀论”倒戈的当口，事态却突然迎来了戏剧性的新发展。

令人遗憾的是，转机出现的契机并非源自搜查阵营的一再坚持；换言之，那只是一次偶然的产物，但结果却不仅解开了“旋风馆”的“密室”之谜，还让杀害一彦的凶手水落石出。

5

案件发生两周后的某个清晨，一名流浪汉被人发现死在A市内的尼山公园里，死因是遭到殴打而不治身亡。

发现者是一位散步路过的老人，家住公园附近。死者名叫石川幸喜，三十七岁，全身都有被殴打与踢踹的痕迹，死亡推定时间在当天凌晨五点左右。

石川来自宫城县的一户工薪家庭，大学毕业后进入一家居于中坚地位的制造类企业就职，可因人际关系不融洽，才一年不到就辞职了。之后，他便没有从事固定工作，而是辗转于各地。到最后，他甚至和家人断绝联系，过起了流浪的生活。

大约半年前，他出现在A市，一直驻扎在尼山公园一带，然而却拒绝与其他流浪汉交流。可见他或许生性即是如此，无法与人好好相处。由于营养不良，他看起来根本不止三十多岁，让人觉得他几乎是在无法抵抗的情况下被人打死的。

尽管不比东京，不过A市也存在诸多涉及流浪汉的严肃问题。随着流浪汉人数增加，他们自然会形成社群，在便于彼此交换信息的同时（比如行政机构、志愿者团体提供的各种服务信息及同伴信息），却越发难以保证有食物可果腹、有地方可栖身。

他们确实是无法在社会中立足的弱者，可要是以为他们总是相互帮助、相互保护，那就大错特错了。在流浪汉所组成的社会中，仍有相应的规矩以及上下级关系；当然，也存在专制、高压、造反等情况。

石川死亡的案件同样如此。继他与其他流浪汉发生地盘之争的可能性之后，自高自大、嫌弃流浪汉的少年人小团体以及部分市民的暴行也属于警方最先考虑的调查方向。

于是，警方首先全力收集各路目击信息。就在这时，居然意外发现了“旋风馆”与石川之间的交集——在石川那少得可怜的遗物中，有一块被刀具划得破破烂烂的门牌，正是“旋风馆”的。

那是一块木制的门牌，原木色的木料上有用红色和绿色的油漆写成的“民宿‘旋风馆’欢迎您！请随意进来看看！”字样。

门牌相当朴素，一眼就能看出是手工制品，事后警方也确认了那是由茂美亲手制作并挂在门上的。由于“旋风馆”的周围设了一圈刷成黑色的栅栏，甚至还安装了防猫刺垫，整体就宛如要塞一般，因此这块色彩丰富、字迹圆润的门牌似乎稍稍弱化了那种严肃感。

不过，石川为什么会带着“旋风馆”的门牌呢？此外，倘若把门牌表面划伤的正是石川本人，那么他和“旋风馆”又是什么关系？

按茂美的供述，去世的一彦曾经在食物上接济过石川。

从“旋风馆”步行到尼山公园需要花上二十分钟左右，大约一个月前，在公园散步的一彦由于一件意料外的小事而和石川说上了话。不同于邋遢的外表，石川的谈吐颇有见地与修养，这一点似乎引发了一彦的兴趣。但他最多只是在住客还不见踪影的大清早，把剩下的食物分给石川而已，而石川也好像每天早上都会赶往“旋风馆”。

可是，石川狭隘的性格再次暴露无遗。最开始，他还对一彦先生表示感谢；渐渐地，他变得傲慢了起来。在一彦死前大约五天时，他还来抱怨说前一天得到的肉片有问题，害他吃坏了肚子，并要求一彦为此负责。

见石川如此蛮不讲理地找碴儿，恩将仇报，一彦在盛怒之下当场赶走了他。之后，石川便再也没有在“旋风馆”露过脸。

就这样，在警方始料未及的方向上出现了拥有作案动机的人。

搜查人员当然会追问为何不早点告知这么重要的信息，而茂美则回答说，她根本没想到对方会为这点小事就动手杀死自己的丈夫。这倒也有一定的道理，毕竟石川当时没有口吐秽语便直接离开了，或许是看到素日里沉稳的一彦突然剑拔弩张的样子，他大为惊讶。

细想一下，虽然“旋风馆”的门牌也是在同一时间被偷走的，可它原本就只用绳子挂在一颗钉子上，并不牢固，因此茂美认为那可能是小孩子的恶作剧，没有放在心上。

此外，除了那块门牌，搜查人员之所以会如此激动，其实还有更大的理由。那就是在石川的遗物中，有一根长达十米的登山绳和一把折叠刀。

对流浪汉来说，这些东西不知道在什么时候就能派上用场。因此，即使是一块布料也要加以珍惜，但警方当时关注的却只有那根登山绳，原因就在于它可能被用于杀害一彦。

尽管那根登山绳是全新的，警方却在馆内旋转楼梯最上端那一带发现了和它完全一致的纤维，就残留在楼梯踏板和支撑着铁制扶手的纵杆的交接处。而该交接处的正下方又正好是一彦尸体所在的过道。

不仅如此，尼山公园的一角有一堆被风刮到一起的枯叶和垃圾，警方从中找到了一块像是沟渠盖板的旧铁板，上面留有用水冲洗过泥巴和脏东西的痕迹，还沾有石川的指纹。

再者，已知“旋风馆”外围有一圈木栅栏，其中南侧的一部分栅栏上有一些细小的割痕，看起来很像是最近才被刀具划上去的。从邻居家透过栅栏的缝隙窥视，会发现一彦当初陈尸的那块地面就在眼前。

如果犯人是从邻居家的院子里用登山绳实施犯罪行为的话，松枝上为何会挂着“仙女的羽衣”一事也能解释得通了：那条长款丝巾很可能是石川捡来或者偷来的，他把作案时使用的旧铁板和登山绳包裹在丝巾里带来，取出之后又把丝巾挂在手边的松枝上，随后就这么放着不管了。

石川倒打一耙，怨恨一彦，于是悄悄潜入邻居家的地盘，带着提前准备好的登山绳和旧铁板，攀上了厕所的屋脊，接着挥出登山绳，将它套在位于过道正上方的楼梯扶手的纵杆上，而绳子的一端则系住了旧铁板。由此，那块旧铁板便被他拉到了和楼梯顶端等高的地方。这时候，他再吹响口哨或者大声呼喊，把一彦引诱到过道上来，并透过栅栏的缝隙，看准了一彦抵达铁板正下方的时机，猛地撒手松开绳子……

如此一来，即使是警方，也不得不承认这种犯案手段像极了密室诡计。

6

“那么，爷爷您认可这个结局吗？”

树来窥探着君原的表情，提问道。

作为原本在县警署搜查一科工作的退休刑警，这样的问题让君原的面子有些挂不住，不过也没有办法。

“唉，与其说是认可，更该说是没有其他方向可以考虑了。估计石川知道那天‘旋风馆’休业，于是决定把前几天结下的仇给报了泄愤。由于他被禁止出入，不能堂堂正正地从大门进去，再加上他知道自己没法从正面打赢一彦，这才使用了那种法子吧？虽然对不住你，但‘旋风馆’并不是密室。”

“光凭旋转楼梯上的纤维碎屑，就能断定那是凶手在作案时留下的？”

树来似乎完全无法释怀。

“这个嘛，发现那些纤维的人是良机，他说案发前肯定没有这种东西，他可以确定。因为那天‘旋风馆’休业，他就打理了草坪，又用水把旋转楼梯冲了一遍，每一级台阶都打扫得干干净净。一彦很讨厌台阶上沾有泥巴，在清洁工作上特别唠叨。”

“哦？”

“还有栅栏缝隙的问题。主厨一彦去世了，‘旋风馆’只能关停。良机好像是直到警方指出后才注意到，在他最后一次做打扫时，并没有那些割痕。”

“但我觉得应该有人会在一彦先生的尸体被发现时就察觉到栅栏上的痕迹。毕竟栅栏近在尸体边上。”

“话倒不能这么说，实际上我去过现场，结果也一个大意，看漏了那些痕迹。因为栅栏很旧了，到处都是损伤，‘旋风馆’挨着栅栏的内侧又种了矮树，便形成了一些微妙的阴影。”

“原来如此。”

“树来，你对凶手是个流浪汉感到不满吗？”

君原意识到，他看向孙儿时的眼神非常柔和，柔和得连自己都觉得诧异。

他心里想着，自己多久没有怀着这样的心情望向别人了。

“我不满意的不是这个。”

树来喃喃自语，随后陷入了沉默。

君原不知不觉间换上了哄孩子的口吻：

“确实，这套杀人手法也称不上完美。首先，他未必那么巧就能把对方骗出来；其次，一旦对方出于某些理由而抬头往上看的话，那就万事休矣。”

“还有啊，吹口哨或者大声叫喊会被邻居听到的吧？”

“不，邻居家的老夫妇都有些耳背，据说案发当时他俩正在看电视，音量调得很大。”

“但是石川可不知道这些情况。”

树来并不罢休。

“这是自然。只是啊，按照我的想法，石川的计划未必特别周密。要说那种方法肯定能把人杀死确实太牵强了。即使从动机上看，他也不具备非杀死一彦先生不可的理由。说不定只是单纯想威胁对方而已，反正最坏的结果就是行动失败被捕，但那照样无所谓。因为有一部分犯罪的流浪汉正是由于无法忍受饥饿与露宿，才想办法让警察把自己抓起来。”

“他的成功是个偶然？”

“大概是的。既然已经成功了，从结果上看，他的做法是绝妙的。我们在现场用同样的登山绳和铁板做了实验，最后很顺利。”

“对了，警方抓到杀死石川的犯人了吗？”

树来调整了自己的语气。

“没有，因为不知道是谁干的。”

回答的瞬间，苦涩的回忆又在君原的脑海中苏醒了过来。

“我们展开了大规模的问话调查，可是目击者始终没有出现。而且我们甚至没能掌握被害人自前一天晚上到案发期间的行踪。石川极度讨厌他人，这一点对搜查工作来说真是一场灾难。不过就算他不是这种人，结局也不会有多少差别。因为但凡在受害人偶然遇上加害人的情况下，警方都很难锁定加害人的身份。”

“……”

闻言，树来专注地思考了起来。

君原觉得孙儿是在指责警方对搜查工作有所怠惰。

“虽说受害人是杀人犯，同时也是流浪汉，可警方并没有敷衍了事。”

他心中有股羞愧的感觉，辩解的话语便冲口而出。

这桩凶杀案要是办得不妥就会被归入“积案”行列，最后却由于“嫌疑人死亡”而得到了解决。然而，这位嫌疑人也遭人杀害，整起案件便由此陷入了迷雾之中。事态发展到了这一步可不是开玩笑的。因此君原可以断言，警方在搜查过程中无疑做到了全力投入。

可一彦家原本过着正常的生活，而身为家庭支柱的他去世了；石川则是从社会上“掉队”的孤苦流浪汉，连血亲都放弃了他。两者相较，警方也没有自信声称给予了双方同等的重视。

“但如今，‘狩猎流浪汉’已经是一项社会问题。假如那桩案子发生在现代，那么结果或许又会不一样了。”

最后，君原几乎是嘟哝着说出了这句话。

“其实我不这么认为……”

树来怯生生地开口了。

7

“爷爷，能具体说说一彦先生的人身保险吗？”

树来抬眼看向君原，似乎已经有了自己的考量。

“可以啊。后来保险公司规规矩矩地赔了钱。毕竟他是被人杀死的，和抑郁症无关，保险公司便无法以他违反了告知义务为由而拒付保险金。”

“那么，‘旋风馆’后来又怎样了呢？”

“哦，‘旋风馆’啊……”

如果“旋风馆”如今还在营业，倒是可以带树来去玩……

君原脑中忽然浮现出了前所未有的想法，想要带着孙儿去旅行，在外头住上一晚。

“‘旋风馆’就这么废弃了。其实茂美拿到保险金之后，把欠债都还清了，但她大概还是觉得继续经营民宿很困难吧？”

“良机又是怎么想的？”

“这就不清楚了。他们出售了‘旋风馆’，它的房屋和旋转楼梯都被拆除了，有人在那块地皮上新建了公寓。而我对茂美和良机往后的生活也一无所知。”

“这样啊……”

树来又思考了起来。

“你觉得不畅快吗？期待落空了？”

“不，不是这么回事。”

树来干脆地摇了摇头。

“我心里没有任何不畅快，只不过我还是认为那条‘羽衣’很可疑。”

“‘羽衣’？你是说挂在松枝上的长款丝巾？”

“是的。”

“那条长款丝巾怎么了？”

“即使‘没有天花板’，‘旋风馆’也可以算是一间广义上的密室，里面还发生了杀人案。既然‘密室’之谜碰巧因为流浪汉石川被杀一案而得到了解决，那么先姑且把它放一边吧。其实单看石川先生的作案手法，确实挺不靠谱的，但认为他的计划本就不周密的观点倒也说得通。可是，他都已经杀死了一彦先生，又为什么不带走那条丝巾呢？”

“因为把那东西留在现场也不会暴露自己的身份吧？要不就是看到一彦倒下之后，他一下子吓坏了，惊慌之下便顾不上什么丝巾了。”

“这很奇怪啊，您看，按照警方的见解，石川先生回收了套在旋转楼梯上的登山绳，也好好地把作为凶器使用的旧铁板带回了尼山公园对吧？我可不觉得吓慌了神的人还能采取这么冷静的行动。何况他在来的路上还用那条丝巾包着登山绳和旧铁板，所以回去时也该做出同样的行为才正常。首先，说流浪汉连一匹布都会珍惜的，不正是爷爷您吗？”

事实还真像树来说的那样，君原没法在第一时间做出反驳。

确认了爷爷的反应之后，树来又继续往下说道：

“如果石川先生就是杀死一彦先生的凶手，按说绝对会把丝巾带回去。这样一来，根据我的推理，真凶其实另有其人。既然如此，那条丝巾也就不是被石川先生带过来的。”

“这么说，它和一彦的案子没有关系吗？”

“不，关系大着呢。我估计那条长款丝巾不是包裹着凶器的包袱皮，而是凶器本身。”

树来自信地下了判断。

“还有一点——石川先生确实有可能和其他流浪汉打了架，或者遭到了‘狩猎’，可杀死他的凶手说不定还有其他动机呢？要是他真和‘旋风馆’有交集，再结合这两桩案子发生的时间段来看，反倒会让人觉得其中另有隐情哦。

“比如——在搜查遇到瓶颈的时候，‘凶手’恰好被杀了，而且遗物中还留有铁证……通常情况下会有这么巧的事吗？您觉得呢？”

“树来，你是想说这两桩案子之间存在关联？”

“当然。”

君原其实已经看出孙儿想表达的意思了，不过还是得问上一句。

“是谁？为什么要杀石川？”

“当然是杀了一彦先生的凶手。对方杀死一彦先生之后，给了警方解开密室之谜的机会，并且为了把嫌疑都推到石川先生身上而再次动手，犯下了第二桩杀人案。”

君原说不出话来，树来快速地瞥了他一眼，随后波澜不惊地继续表述自己的意见：

“石川先生就这样被塑造成了杀害一彦先生的犯罪嫌疑人。可如此一来，能够从中获益的人是谁？一旦从这个角度去思考，结论就很明显了。

“一彦先生遇害时，‘旋风馆’处于密室状态，没有任何人出入。基于这项事实，警方只得勉强承认一彦先生死于自杀，对吧？站在幕后真凶的立场上来看，这正是求之不得的，所以没必要冒着危险，额外捏造出一个凶手。”

“嗯，应该吧……”

“然而，真凶还是把石川伪装成了杀害一彦先生的凶手。这是为什么呢？我想，理由只有一个，那就是万一一彦先生被认定为自杀，对真凶而言就不妙了。”

“原来如此……”

“真凶应该没想到‘旋风馆’会变成一间‘密室’。因为直到案发之后，大家才知道原来大门对面装有安保摄像头。由此，案发现场便成了实质意义上的密室，而警方对此案的意见也随之从倾向于‘他杀论’变成了更支持‘自杀论’。这就逼迫着真凶无论如何都要让一彦先生看起来死于‘密室杀人案’。毕竟他因抑郁症而自杀的话，就没有保险金可拿了。”

“所以，茂美才是真凶吗？”

君原小声嘀咕道。

8

“就算茂美才是真凶，案发当天她可是待在东京的娘家啊，如何杀死自己的丈夫呢？”

君原曾担任过搜查本部的指挥官，是一名能干的刑警。而此刻，他的话语声中已不再带有那份犀利感。

“直接动手杀人的当然不是茂美太太，而是良机先生。他俩合谋杀死了一彦先生。”

“这也行不通，真凶作案的时候，良机拥有过硬的不在场证明，怎么着都不可能杀人。”

“在一彦先生的死亡推定时间段，也就是案发的时间段里，良机先生的不在场证明或许牢不可破，不过他有充足的时间提前布下陷阱，并在事后把它们都收拾干净。

“一彦先生患有抑郁症，平时都窝在房间里，可每到天黑之后便会沿着自己心爱的旋转楼梯走上走下、仰望夜空，对吧？因此，良机先生完全可以预料到，一彦先生在案发当日同样边下楼边抬头仰望天空。那么，在旋转楼梯上设个‘坑’岂不是很简单吗？”

君原无法回话。

“假设良机先生拆除一级台阶，再固定一条与它颜色相近的丝巾盖住空缺处冒充台阶呢？人在夜里本就很难看清东西，而对于早就走惯了的楼梯，更是不用逐级确认脚下。于是，在一彦先生一脚踩上丝巾时，身体得不到支撑，当然就会摔下去。外加那座旋转楼梯呈上大下小的旋涡状，每级台阶和其正下方的地面之间没有任何障碍物。”

“也许就像你说的那样……”

君原尚未能够把握案件的全貌。

即使真相就如树来所说，一彦又为什么会出现颅骨凹陷性骨折？

树来却仿佛看透了君原的疑问，接着说道：

“所以说——倘若良机先生在地面上放了迷你蹦床呢？‘旋风馆’的迷你体育馆会提供迷你蹦床给客人玩吧？坠楼的一彦先生被蹦床弹起，头顶猛地撞上楼梯台阶的可能性很大。在现场试验一次应该就能明白了。

“不过我很想多研究一下良机先生放蹦床的位置和角度，然后再亲自做几次实验呢。体育馆的仓库里不光有迷你蹦床，还有安全帽和防灾头巾。我学校的置物柜里也放了那种缝有棉花的头巾。只要把它套在安全帽上戴好，就算窗户玻璃或者门店招牌当头掉下来都没事。

“良机先生说自己那天打扫了旋转楼梯，他大概就是趁那时候用螺丝刀卸掉了一级台阶，换上长款丝巾，之后又在一彦先生从蹦床上弹起后就会撞到的那层台阶的底部缠好保鲜膜。到第二天一早，他先拨打了110，随后赶在警方抵达之前的那段空当，迅速把台阶装回原处，撕下带血的保鲜膜，再将迷你蹦床和螺丝刀收进仓库。”

树来认真地凝视着君原。

而君原则呆愣愣地望向树来，仿佛在看外星人似的，心想着这孩子什么时候这么会推理了?

基于刑警身份所赋予的理性，尽管他口中还在嗫嚅自语着“哪有这么顺的”，可心里却已经接受了孙儿的说法。

“爷爷啊，这时候就终于轮到‘仙女的羽衣’登场了。”

树来微微笑了，笑容里还带着淘气之感，像是看出了君原的心思。

“长款丝巾非常轻薄，绝对会被早晨的强风吹上天，一路越过栅栏，飞到邻居家的院子里。良机先生原本肯定是打算把它一并回收的，但警方行动迅速，很快就会赶到，要想在这么短的时间内翻过装有防猫刺垫的栅栏实在行不通。”

君原慢慢咀嚼着树来的话，小声说道:

“原来如此，也许你说得对。”

“是吧？”

树来提高了音量，听起来很是高兴。

“那么，假如‘旋风馆’没变成‘密室’，石川也就不用被杀了是吗？”

君原听到自己内心有一个声音，正在告诉他——树来的推理是正确的。

然而，他心里的疑问并没有彻底消散。

“有证据表明动手的是良机，且茂美是共犯吗？搞不好是良机眼看着茂美因为丈夫的抑郁症及高利贷的催收而不断吃苦，单方面对她产生了同情呢？”

事已至此，他仍有些固执，毕竟在他的记忆中，茂美是一位朴素又保守的女性，良机也非常淳朴。

“这……”

树来对身为退休刑警的爷爷到底还是带着几分顾虑，硬是把一句“这不是理所当然的嘛”给咽了回去。

“这是因为，假设茂美太太没有和良机先生联手，那么她肯定会在一开始就把石川先生的事告诉警方。而且说到底，‘一彦先生在尼山公园认识了石川先生’究竟是真是假呢？要知道，一彦先生当时已经抑郁了三年，没事根本不会离开房间哦。”

“欸……”

“此外，据说一彦先生有洁癖，甚至到了病态的地步。这种人会让流浪汉进‘旋风馆’吗？我觉得啊，就算他们之中真有人和石川有所接触，估计也不会是一彦先生，而是良机先生。石川先生住在尼山公园，平时不和其他流浪汉往来，因此是作为‘替罪羊’的最佳人选。良机先生大概会不时给他送些食物，让他放松警惕，随后趁其不备攻击了他。”

“明白了。”

“既然如此，茂美太太明显撒谎了。为了让警方相信石川先生有杀害一彦先生的动机，所以编造了那套说辞。再看茂美太太——”

树来说个没完：

“她在案发当天傍晚六点时，从东京娘家给一彦先生打了电话。夫妇之间通话其实很正常，不过问题在于时间。这与良机先生的不在场证明尚不确凿的时间段是一致的。良机先生下午五点离开‘旋风馆’，他参加的讲座则在六点开始。虽说天还没黑，不必担心一彦先生外出，可是在气候的影响之下，存在着‘死亡推定时间范围被扩大’的风险。茂美太太为了和自己合谋的良机先生，必须留下一彦先生在傍晚六点前还活着的证据。可以想象，只要能保证良机先生的不在场证明成立，那桩案子便会被归结为金钱纠纷所导致的杀人案，就像警方最先考虑的那样。”

说完，树来和君原都陷入了沉默。

9

“假如你的观点是正确的，也不具备任何证据。而且现在已经完全没有验证途径了。”

过了一会儿，君原开口了，声音中混杂着些许自嘲。

“杀人案的追诉时效[1]不是已经废止了吗？”

“但那桩案子的追诉时效已经过了，就算新的法律废除了相关规定，那些时效已过的旧案也不会受新法影响。”

“这样吗？太过分了！”

也难怪树来会有这样的想法，可这对长年累月与犯罪分子做斗争、与世人做斗争，并且与时间做斗争的君原来说，却是个难以轻易回答的问题。

“小说和现实的区别正在于此。小说里可以随心所欲地破解几十年甚至几百年前的谜案，而在现实的搜查工作中，还存在着‘时间’与‘证据’这两大障碍。即使没有追诉时效一说，时间也会吞噬一切的。”

1　追诉时效指刑法规定的对犯罪人进行刑事追诉的有效期限。在此期限内，司法机关有权对其提出追诉，而超过了此期限，司法机关就不能再进行追诉。因此，超过追诉时效，意味着不能行使求刑权、量刑权与行刑权，也不能适用非刑罚的法律后果。在日本，杀人罪的追诉时效是15年，2010年时，日本政府对此制度进行了废除，改为无限期追诉。——译者注

“原来是这么回事啊……”

树来似乎是顾虑到爷爷的心情，乖巧地回了话。

“然而，就算没法重新调查、逮捕犯人，还是可以自由地开展推理哦。树来，我问你，你觉得茂美和良机为什么要杀人？谋财害命吗？还是因为……”

君原最终没能说出后半句的“男女问题”。

不管怎么说，树来都只是个小学生，君原认为自己不该直截了当地提起这个话题。不过树来察觉到了爷爷在顾忌什么，便笑嘻嘻地说道：

“茂美太太三十七岁，良机先生二十三岁，相爱也不奇怪嘛。”

君原噎住了。树来眼中透着恶作剧般的兴味，直视着自己的爷爷。

“不跟您开玩笑了。茂美太太之前跟警察说，她把良机先生当成自己的亲生儿子，还和丈夫一起期待着良机先生将来找个好媳妇，继承‘旋风馆’，对吧？这说法挺刻意的，我觉得她像是心里有鬼才会讲出这种话来。”

“嗯……”

“再者，良机先生当时正为拿到‘地产交易处理人’的资格而学习。考虑到将来要继承‘旋风馆’，学记账或者烹饪岂不是有用多了？后来一彦先生一死，茂美太太和良机先生就双双放弃了经营民宿呢。”

至此，君原牢牢记住了一件事，那就是不能再把树来当成小孩子来对待了。

“对了，爷爷啊——”

树来的语调突然开朗了起来，问道，

“我下次还能来您家住吗？”

霎时间，君原感到盛夏的阳光照进了自己的心房。

座敷童子是谁

“逛大街！逛大街！”

十个孩子凑齐了人数，手拉着手，围成一个大圈，在客厅里转啊转、转啊转，使出了吃奶的劲，大声唱着歌谣。

他们都是被这户人家邀来的。

就在他们转着圈做着游戏时，人数却不知不觉增加到了十一人。

明明每张面孔都是认识的孩子，明明每张面孔都是不同的孩子，可无论怎么数，结果都是十一个。

于是这家的大人跑来说，多出来的那个孩子就是座敷童子哦。

但哪个孩子才是多出来的那个呢？

于是孩子们端端正正地坐下了，一个个都瞪大了眼睛，仿佛在表达自己绝对不是座敷童子。

这就是座敷童子的故事。

摘自宫泽贤治童话故事集《银河铁道之夜》之《座敷童子的故事》（新潮文库版，1961年7月30日发行，1986年1月25日第62次印刷版）

1

“爷爷，您在当警察的时候啊，遇到过超自然现象吗？”

树来睁着圆溜溜的眼睛问道。

这孩子，怎么又来这套！

君原一边暗自戒备着，一边却又掩饰不住自心中涌现而出的喜悦之情。

君原老人在妻子过世后，便过起了形单影只的隐居生活，而他的孙儿君原树来生于七月，现在十二岁，是个好奇心旺盛的小学六年级学生。

其实，树来之所以会独自跑到爷爷家玩和小住，理由无他，正是为了打听爷爷从警生涯中的各种故事。他将来想当推理小说家，打算依次收集必要的知识和素材。

尽管知道树来的“小心思”，君原却仍从方才起就急不可待地等待着，看孙儿到底何时开口来找自己打听旧案。

眼下是九月的第一个星期六，暑假已经结束，距离树来上次来玩也过去一个月了。据说在八月的上半月，他和父母、妹妹一家四口一起出门旅游，还参加了露营活动，下半个月则忙着赶作业。开学后，他还有其他要忙活的事宜。就在君原觉得心里缺了什么似的的当口，树来却意外到访了。

他带着孙儿去了车站前的那家回转寿司店，任孙儿尽情吃握寿司，而且今天的饭后甜点也是甜甜圈。

正在爷孙俩打算进入甜甜圈连锁店时，树来提议道：

“爷爷，要不咱们把甜甜圈买回家吃吧？”

看来他不想在这里浪费时间，急着听故事呢。但这也正如君原所愿。

虽说都是些陈年旧事了，不过两人的谈话内容毕竟是真实存在的案件，因此要避免让别人听到。树来只是个孩子，却在没有人叮嘱过的前提下如此懂得分寸。哪怕是出于对自家孙儿的偏爱，君原也觉得他真是可靠极了。

树来挑选了巧克力奶油甜甜圈和冰茶，君原则要了热咖啡。他们提着甜甜圈店的袋子，并肩走上了回家的路。

君原由衷地想着，即使在婚前与妻子约会的时候，自己也从未像此刻这般，被不掺有丝毫算计或错觉的幸福感所包围着。

他曾听人说过，“孙辈真不知道有多么招人疼爱”，可直到自己的孙儿长到了十二岁，他才切实感受到了这一点，真是太让人懊悔了。

爷孙俩回到君原居住的独栋木制老房子里，进入起居室，把甜甜圈和饮品一起放在桌子上，接着树来便立刻开始发问了。

推理小说是树来的最爱，而实际上，尽管君原在警察岗位上工作时总是以“现实”为思考和行动的宗旨，但他并不讨厌推理小说。毕竟幻想的世界和现实社会存在区别也是理所当然的。

不过，“超自然现象”又是什么？君原对此感到困惑不解。

可他好歹当了那么多年刑警，遇到过各种各样的事件与现象，因此很清楚——就连无法用科学说明的光怪陆离的故事，在这个世界上也比比皆是。

虽不能说“犯罪行为”与“离奇现象”之间只有一纸之隔，然而犯罪本身即带有怨恨、妄想、由药物引发的幻觉，以及因恐惧导致的误解等要素，再加上犯罪者（尤其是混黑帮的犯罪者）之中有很多迷信人士，所以君原倒也不是完全无法满足孙儿的要求。

“我想想……所谓‘超自然现象’其实分很多种，比如说——‘幽灵’就可以算是其中一种吧？”

“幽灵？”

树来的眼睛一下子亮了起来。

2

那是距今二十多年的往事了。当时君原还在C县县警署总部的刑事犯罪案件搜查一科工作，有四个不错的年轻人凑在一起，满脸认真地说幽灵出现了。

警方汇总了相关人士的供述，整理出了整桩事件的开端：

坂出刚、下野田公博、森信司、片山谆、饭原优太五人都是C县立明大学的三年级学生。

这是一所综合性大学，历史悠久，享有盛名，在整个C县内都排得上号，入学考试的偏差值也很高，所以他们本该是优等生，但之所以会聚到一起找警察帮忙，其实是有理由的。

下野田和森属于经济学院，片山在教育学院，坂出和饭原则就读于文学院。尽管他们来自不同的高中，专业也相当分散，不过五人仍有一项共同点，那就是都参加了“流行音乐爱好者协会（简称‘流行会’）”。而实际上，协会全员真正热爱的是吸食违禁品（俗称“叶子”）。

准确地说，“流行会”在最初多少还能发挥一些社团机能，可不知不觉间却变成了一把保护伞，为成员们在校内劝诱他人吸食并交易违禁品提供了“掩护”。尤其是近一两年，它的实际活动情况极为模糊，会员也只剩下他们这些大三的学生。

不过，虽然他们都有违禁品上瘾的问题，但平日里的品行还算端正。毕竟是通过了激烈的竞争才考入这所大学的人才，因此一直到高中毕业为止，他们基本上都在认真读书。

其中下野田和饭原热衷于玩乐队和打工，疏忽了学业，估计迟早得留级或中途退学。而另外三人还是会好好学习的，于是在父母和周遭人士眼里，他们都是极为普通的学生；尤其是他们仨自身也决定毕业后就果断戒掉“叶子”，过平凡的生活。

正因为他们是这样的人，所以在买违禁品时并不会徘徊在繁华的夜市，去找些奇奇怪怪的卖家，而是有着更简单、安全的获取途径——他们的“流行会”原先有一名成员（现已退出），名叫内海宏志，在工学院电气工学系三年级就读，其隐藏身份便是违禁品的卖主。

内海是个身材消瘦、肤色白皙的文弱男子，眉清目秀，头脑聪明，而且本人勤勉向学，绝对不碰那些违禁品。这样的男性当然很有女人缘，也得到了教授们的好评。最近他和同为工学院的设计系二年级学妹开始交往了，对方不仅拥有“才女”的美誉，更是院主任的女儿，校内甚至有传言说他俩将来会结为夫妇。

尽管内海的人生看起来毫无死角，可他的家庭环境其实有些问题。他的父亲在老家B市自主经营着一份正经生意，可他的舅舅是暮义股份有限公司（下称“暮义公司”）的社长——小暮义正。内行的人都知道，那其实是一家经济犯罪公司。

所谓的“经济犯罪公司”，即是指表面上从事正常经营活动，背地里通过各种经济犯罪手段获取非法利益的反社会组织。

比如利息惊人的高利贷、近乎欺诈的期货交易、暴力拆迁、买入正在诉讼中的房产、扰乱股东大会以向企业索要钱财、强占企业等。凡属于经济犯罪范畴的业务，小暮义正几乎均有染指，故而别名“高知流氓”。

他和自己的手下们身穿商务套装，抹去了传统流氓身上的那种邋遢感，不直接行使暴力，而是通过头脑和口才来榨取法外收益。因此，就算“老大”摇身一变成为社长，“小弟”们也改当员工，其本质却依然是黑社会组织。

内海非常狡猾。他表面上维持着优秀学生的形象，私下里却让舅舅公司的销售部部长原岛洋司（他实际上相当于辅佐帮派“二把手”的人）把弄来的违禁品分给他，向同学们兜售，以此挣取零花钱。只不过，一旦他准备考研究生，开始踏上成为教授的人生道路，便不能再把这份危险的活计继续下去。

再加上这几个月来，暮义公司的上级黑帮组织“樋川会”发生内斗，把暮义公司也卷了进去，到处都是小规模的冲突，小暮社长的下属们精神高度紧张。

偏偏在这当口，原岛被人枪杀了。案发那天，他在公司工作到深夜，八成是于归途中遭到敌方杀手的尾随。对方在近距离对他开枪，用一发子弹了结了他的性命。

如此一来，内海也自然决定收手，不再暗中贩卖违禁品。

“不好意思，我以后没法再向你们提供‘叶子’了。”

突然被内海告知即将停止“供货”，“流行会”的五位成员全都急了。

“别开玩笑啦，为什么不干了？”

“把理由说清楚啊！”

“你是在给涨价做准备？”

在他们七嘴八舌的逼问之下，内海依然一派淡定，连眉头都不皱一下。

“是公司的命令，理由我也不知道，不过其中没有我插手的余地。如果你们无论如何都想要‘叶子’，可以试试直接和公司交涉，当然，我不能保证结果哦。”

他的目光中透着寒意，活像一个演员。他们从他那双眼睛的深处，窥见了冷漠至极的利己之心。

既然对方把话说到这分上，事情也就没有了商量的余地。毕竟这五位“客户”不可能直接和暮义公司谈判。

几天过去了，他们依然束手无策，只得再一次面面相觑。

“我说，接下来怎么搞‘叶子’？”

相当于五人头领的坂出问道，可实际上他一时半会儿也想不出上哪儿找新的交易对象。

“你问我，我问谁？”

谁都给不出答案，他们又开始相互干瞪眼。

失眠可能是违禁品的戒断症状之一，大家都因此面有菜色。

“索性借此机会戒了吧？对身体好，还能省钱。”

立志当教师的片山极为认真地说道，可是并没有人附和。

这也是自然，毕竟连他自己都完全不想放弃违禁品。

“那么，我们也许只好来硬的了。”

饭原自言自语道。

他在由学生组成的摇滚乐队里担任主唱，每次登台都会表现出惊人的魄力，不过平时倒是没多少存在感。

“来硬的？你指什么？”

下野田的眼睛亮了起来。

他是这五人中唯一一个曾在少年时期因入室盗窃和偷自行车而受过警方批评教育的人，所以胆子也是最大的。他已经放弃正常毕业了，过着在乐队里打打鼓、狠狠玩乐的日子。反正他以后能回老家继承造园事业，毫无后顾之忧。

而且他似乎也是违禁品重度成瘾者，现在没了货，正火大着，本就具有攻击性的气质与形象此刻更显凶悍。

“其实，我听说‘叶子’都存放在公司的员工宿舍里，还是论公斤囤的呢！”

饭原最近基本都不来学校了，只不过他居住的公寓离内海家很近，双方有时会相互打个照面。两天前，他等在内海家门口，准备好好抱怨一通，可对方却把这消息说漏了嘴。

“要偷吗？”

森胆怯地问道。

他和下野田同属经济学院，但不同的是，他成绩不差，身材又矮小纤瘦，那张脸看起来就没什么胆子。他的父亲也只是个普通的公司职员。

“就算去偷，对方可是混黑道的啊，能随便让我们得手？”

坂出同样困惑不解。

他是他们五人中体格最好的，高中时还打过橄榄球，喜欢运动，但他平日里不与别人争执，是个和平主义者，根本没勇气与黑帮成员交手。

“内海说员工宿舍和公司完全不一样，它建在神舞岬，那地方还挺远的，生活不够便利，因此只有两三个年轻员工住在里面。”

根据饭原从内海口中打听出的信息，暮义公司的员工宿舍就在B市东边的神舞岬。那是一座木制的独栋房屋，前不着村后不着店，原本为一户普通人家所拥有，公司却以“用房抵债”的名义抢占了它。而立明大学的校区位于B市的市中心处略靠海的位置，骑自行车过去要花二十分钟左右。他们可以沿着县公路前往神舞镇，一路往海边骑行，等登上一道斜坡之后，神舞神社便会出现在眼前。这家神社仅由祠堂和鸟居构成，背朝大海，静静地伫立着，既没有善男信女前来参拜，也没有人打理经营，不过从该处远眺大海，即可饱览美不胜收的海景。

从神社往左拐，有一排背山而建的民宅，且彼此间互不相连。其中一户便是暮义公司的员工宿舍，之前提到的违禁品（已经过干燥处理）据说就藏在院子中的木制库房里。

然而，对方对那些违禁品的看管却未必森严。因为其零售价在每克四千日元上下，虽不便宜，可与高利贷及期货交易等堪比抢钱的生意相比，简直微不足道。

而除了违禁品，库房里就只剩下旧文件和各种破烂，因此把门的仅有一把旧式门锁。

如果上述情况都属实，那么对于入夜行窃而言，简直是求之不得的大好机会。

“他们做的可是违法生意，所以应该不敢报警吧？”

坂出似乎也被说动了。

“我们又不是去抢劫、杀人，就这么点小事，你怕什么？反正我要干，不想干的人尽管‘下车’，不过到时候也别想来讨‘叶子’！”

下野田肯定会掺一脚。

这阵子他食欲不振，还非常疲劳，原因也很明显。只需要那一剂“魔法灵药”，便能立竿见影，药到病除。他们已彻底为违禁品着了魔，不可能再有踌躇的余地了。

十月上旬，他们选了一个将近满月的夜晚，开始执行计划。

他们五人均已离开了老家，在外面独居，于是各自悄悄骑着自行车，避人耳目地赶路，在半夜两点整时到神舞神社的鸟居前集合。

他们从头到脚都穿着黑色服饰，戴着手套，还用袜子罩住了头部，模仿着当时劫匪的经典造型。这样一来，即使被人看到了，也很难确认他们的真实身份。

从碰头地点缓缓地走到他们要去的宿舍，一共要花五分钟左右。

由于这段路没有铺沥青，又很狭窄，所以全员都从自行车上下来，改为步行。

目的地号称“员工宿舍”，但毕竟曾是普通人家的住房，四周未必有严严实实的围墙，只在和邻居家的分界处低低地拉了几道带刺的铁丝以示区隔，可以从公共道路自由出入。

虽然带有手电筒，但是万一有人醒来，看到光源就糟糕了，于是他们借着月光视物，默默无言地往前赶路。那个员工宿舍是一栋老旧的木制平房，他们翻过栅栏，进入荒芜的院子，踏上面向大海探出的悬崖，只见库房就静静地立在那里。

那虽说是一间库房，可实际上是前任房主用来保管材料的地方，因此比那种随意搭建的窝棚高级得多，面积之宽广足以让那些住在狭小的出租屋、小公寓里的人心生羡慕。

他们用带来的凿子在库房门上开了个洞，伸手进去拧开门锁。

截至目前，一切都如同他们所设计好的那样。

可接下来，他们的计划便乱套了。

他们一个接一个地进入库房，打开手电筒，开始检查胡乱堆放在架子上和地上的纸板箱，彼此都没有开口，只是默默埋首于“搜查”工作中。这是他们一开始就约定好的方案，意在提防万一对方在这里安装了录音设备。

然而，五分钟过去了，十分钟过去了，十五分钟过去了，他们什么都没找着。毕竟是违禁品，对方或许是怕它们轻易被人发现，因而将其藏在了库房深处。

终于，他们开始焦虑。

就在此刻，只听到尖锐的“啪”声从库房外传来，声音的源头是院子所在的方向。

那种破裂声很是耳熟，但这份记忆八成来自刑警题材的电视连续剧，而非他们的现实生活。

“这难道是……枪声？”

可他们还来不及思考，便听到有男人正在尖啸。

啸声持续着，仿佛野兽的咆哮，又像是临终前的惨叫，令人毛骨悚然，吓得他们忘了自己眼下的情况，直接飞奔着离开了库房。

院子里没有装夜灯，四下一片昏暗，连地面都看不清。而当他们在黑暗中将视线投向叫声响起的方位时，映入眼帘的却是这样一幕：月光下，一个全身漆黑、头套袜子的男子抱着一个大包，头朝下、脚朝上地从悬崖峭壁上跌落。

他们惊呆了，连声音都发不出来，耳中则远远地听到“嘭”的落水声，声音很轻微。

“快逃！”

不知是谁喊了出来，下一瞬间，他们便像雪崩般冲了出去。

从悬崖上掉下去的无疑是他们一行人中的一位，只不过大家都没有余力去确认那究竟是谁，而对方抱着的很可能就是经过干燥处理的违禁品。

他们连滚带爬地奔跑着，思绪却陷入了疑问与恐惧的旋涡。

能顺利找到此行的目标自然很理想，但有人发现那人打算独占“战利品”，于是开枪射击了？这么说来，暮义公司的员工宿舍安排了人员彻夜值守吗？

他们跑啊跑，终于跑到了神舞神社的鸟居下，并确认了后方没有追兵逼近。

随即，这伙人准备跨上自己的自行车，而直到此刻，他们才开始打量起身边的同伴。因为方才光顾着拼命逃生，根本无暇顾及身侧。

可是，他们再次遇上了让自己大吃一惊的状况——

尽管不知道究竟是谁，不过五人之中的确有一人方才中枪坠崖了。如此一来，一路逃到这里的同伴按说只剩四人。这是再简单不过的减法。不管他们内心受到了多大的冲击，也不会算错。

然而，现在这里有五个人，分别骑在五辆自行车上！现实无可置疑！

“这不可能！”

所有人都僵在原地，甚至忘了要逃生。

“到底是怎么回事？”

他们接二连三地扯下套在头上的袜子，借由月光凝视着彼此，确认眼前的另外四人是不是自己的同伴。

结果横看竖看，在场的五人就是坂出、下野田、森、片山、饭原，是直到有人坠崖之前都一直在一起的同伴，是熟面孔。

“那么，刚才出事的是谁？”

片山脱口而出，而大家估计也都怀着同样的想法。

今晚还有其他人进了那间库房偷东西，并比我们更快找到“叶子”，又抢先一步溜了出去吗？不，要是这样的话，那家伙从我们摸进库房起，就一直在现场逗留了将近十五分钟。这可太古怪了！他果然是跟着我们来的，而且只能让人认为他是在盯梢我们！

想到此处，即使心中百般不愿，他们仍意识到，假如之前稍有差池，自己或许也会被枪击中。

“妈呀！”

他们把自行车的脚踏板踩得飞快，火速逃离了那里。

次日傍晚，有人发现一具尸体被海浪冲到了神舞岬的岩石堆上。

死者是饭原优太。

3

“总之，和大家一起逃到了鸟居下的饭原优太其实是幽灵，对吧？”

树来津津有味地听到此处，开口插了一句话。

“但现在想来，从悬崖上掉下去的不一定只有饭原一个吧？可能某个小偷碰巧也在那天摸过来，可运气不好，被值班守夜的人撞见了，随后遭到对方枪击……反正我们只能这么认为了。

“既然那年头的强盗都是‘一身黑’，并用袜子套头，那么他们‘撞衫’的可能性也是很高的。而且那五人最开始也抱着同样的想法是吧？那么，他们当然会觉得饭原在准备打道回府的时候还好好活着，但之后却遭遇了某些情况，又被海水冲了上来。”

树来一口气说道。

“嗯，正常来说都会这么想。”

君原沉稳地答道。

“但是饭原不仅是坠崖而死后才漂在海上的，他背后还有枪伤。其实子弹没射中他的心脏，因此他并未当场死亡，可如果不予处理，就算不掉进海里，大概也会恶化成致命伤。

“还有，饭原的尸体在神舞岬被发现，而那里的地形有些特殊。据说由于海流的缘故，基本不用考虑死者在其他地点坠亡后被冲到这里来的可能性；相反的是，那个时间段内的坠崖者顺着海水漂走的可能性极低。不过不管怎么说，我们还是发动了大规模的搜查，可最终并没有发现饭原以外的死者。”

“嗯——哼。”

树来似乎还是无法接受，又若无其事地追问道：

“那么，饭原的自行车是在哪找到的？”

“当然就停在神舞神社的鸟居旁边。”

“是吗……”

树来低垂着脑袋，沉默了片刻，之后又很快抬起了头，问道：

“对了，饭原的死亡推定时间呢？”

“是在他被人发现死亡的那一天的午夜零点到凌晨五点之间。说实话，这个范围不够精准，但他的尸体在海水中浸泡过，这肯定会影响到检测结果……再者，从尸体的受损情况来看，他应该是从几十米高的悬崖上掉到了较浅的海底岩盘上。而且他还没有遭到海流的过分冲刷，一套合身的黑衣服和蒙脸的袜子都按原本那样穿戴在身上，只是浑身伤痕遍布。他的直接死因是溺死，死状与其余几人看到的坠崖男子完全相符。”

“违禁品呢？也找到了吗？”

“不，有一部分好像漂在海浪里。其实暮义公司是把违禁品包在报纸里存放的，在那男人坠崖的瞬间，纸包就散了，里面的违禁品也撒得到处都是，被海水冲走了。说白了，那些经过干燥处理的违禁品本质上也就是植物叶子。”

“原来如此。”

“但实际上还不止这些。”

接下来才是重头戏。君原虽然并非为了强化表现效果，却还是稍稍压低了声音。

“当时我直接审讯了坂出、下野田、森、片山四人，他们异口同声地表示，事后冷静下来细想，那声尖叫确实听着像饭原的。因为他的声音带些沙哑，特征很是鲜明。”

“光凭一声尖叫就能下结论了？人在尖叫时发出的声音和平时也

不一样吧？”

树来的问题非常合乎情理，君原答道：

“饭原和几个朋友一起组建了一支摇滚乐队并担任主唱来着。说到‘摇滚乐队’嘛，好像就是会在演奏中乱吼乱叫。虽然我也不明白这是为什么。”

在君原心里，“摇滚”是年轻人的文化，自己这辈子和它就没缘分，也根本无法理解其价值和魅力所在，可仔细想想，在自己的青春岁月里，同龄人也同样为摇滚乐队而疯狂。

“所以大家都多次听过饭原的叫声，这才会坚称自己没有听错，那天夜里发出惨叫的就是他本人。”

听到爷爷瞅准机会开始解释，还在念小学的孙儿苦笑了起来：

“就算这样，也……”

“唉，树来你又来了，光凭印象说话，却拿不出证据。暮义公司实际上是黑帮企业，对自己麾下的员工可是毫不放松警惕的，尤其是樋川会的内斗已经爆发，对立的帮派之间经常会动手大肆破坏对方的阵营。这下他们更是时刻提防了，紧绷着神经留心有没有员工要造反。于是暮义公司在员工宿舍的主宅和库房的里里外外都装上了录音设备。”

“但要造反的家伙也会多加小心吧？会特地跑到员工宿舍去说些绝不能被别人听到的话吗？”

“关于这一点吧，当年还没有普及手机和电脑，没法通过短信或电子邮件来联系。因此，在个人之间需要取得联络时，主要方法依然是拨打座机，要不就只有当面聊了。暮义公司的员工宿舍远离人烟，倒确实适合用来进行密谈。”

“嗯……这样啊。”

“那里使用的是当时最先进的自动录音设备，音频都储存在硬盘里。内海作为立明大学工学院电气工学系的学生，受到暮义公司的社长兼自己舅舅的委托，亲自出马，因此那些设备的性能自然是绝佳。

“而知道安装了这些设备的，只有内海和社长两人。毕竟其中有不想让警方得知的信息，因此他们希望能尽可能地将其保密。然而，从饭原的尸体和经过干燥处理的违禁品出现在神舞岬的那一刻起，本就关注着暮义公司动向的警方便开始监视它的员工宿舍了，内海八成也没法去拆除录音设备。枪击坠崖案的概况随即水落石出，甚至连录音文件都还是警方在搜查宿舍时找出来的。

“安装在库房里的设备录下了当晚的尖叫声，根据声纹鉴定的结果，它和饭原在乐队磁带中留下的尖叫声完全一致。这样一来，警方只得承认那是无可动摇的证据了。”

“原来如此。”

面对如此情形，树来也陷入了沉思。

光看这副样子，会让人觉得他更感兴趣的果然还是如何给超自然现象做出合理的解释，而非沉迷于灵异怪谈本身。

该说他作为“推理发烧友”非常够格吗？君原忍不住微笑了

起来。

“话说——”

树来低头思考了一阵之后，突然抬起头来，继续道：

“开枪射击饭原的凶手是谁？”

“这个嘛……”

君原也抬起头，目光变得悠远起来，说道：

“我们基本上锁定了凶手，最后却没能将他逮捕归案。他是樋川会的杀手，也就是和暮义公司处于敌对关系的黑道分子。因为我们从饭原体内取出了子弹，把它和杀死‘暮义’的销售部部长原岛的那颗子弹做了比对，发现两者的膛线痕迹[1]相同。

“那个杀手姓安藤，他那天八成是来到暮义公司的员工宿舍进行侦查，偶然遇上了从库房里出来的饭原。因此只能说是饭原不走运了。”

“杀手安藤后来怎么了？”

“被杀了，而且是他的同伙干的。他是一连串暴力内斗的第一个牺牲者，亦是樋川会旗下‘那珂川帮’的二把手遇袭一案的执行犯。在那珂川帮的案子里，他急功冒进，自说自话地冲了出去，还引发了其他种种骚乱。此外，警方也查明了他手中持有杀害原岛时使用的枪

1　膛线痕迹是枪管膛线留在射击弹头上的条带状擦痕。主要反映膛线的条数、宽度、旋向、斜度和阳膛线表面、棱边及膛线起止端的凹凸结构的细节特征，在鉴别工作上有着极为重要的意义。——译者注

支。之前，他对敌对公司的大门开过枪，子弹上的膛线痕迹同样与本案中的相一致。

“由于安藤已死，真相如何其实并不确凿，但根据警方掌握到的信息显示，他似乎也曾暗地里在捣毁敌对帮派的行动中有过活跃表现。原岛被杀一案兴许正与此有关。

“他就是这样一个行事鲁莽、容易失控的家伙，组织对他很头疼，便把他‘做’掉了。而且是由同伙出手对他开了枪，随后将他卷在席子里一扔了之。他的直接死因是窒息。混黑道注定会迎来这种下场，真是悲哀。”

说完，爷孙俩都沉默了一会儿。

4

搜查结果显示，饭原一案案发时，暮义公司的员工宿舍里空无一人。

销售部部长原岛遇害之后，公司便进入了非常状态，戒备着敌方再次袭击。包括案发当晚，年轻的员工们也都聚集在公司里，没有回宿舍。

尽管在这桩案子上，暮义公司遭受了非法入侵及被盗，显然是受害者，但警方可不会因此就对他们网开一面。再加上录音设备也帮上了大忙，结果不仅是那一两千克违禁品的获取渠道与销售方式，连暮义公司原有的“业务”内容及其他所有经营项目都会受到当局的严厉追查。

其实，若他们按照经济犯罪公司的本色，仅在原有的业务范围内做生意倒还好说，可随便去碰违禁品真是铸成了大错。不过光凭社长小暮义正及所有员工的不在场证明都由于严查而得到了证实，从而免去了杀害饭原的嫌疑这一点来看，他们也可以算是因祸得福。

而另一方面，活下来的四人表示，案发当晚，他们骑着自行车一溜烟地逃回了家，随后一直窝在房间里。由于是真的吓破了胆，彼此间便没有再联络。那时，他们还相信自己一行五人都平安无事。

但之后，神舞岬上出现了背后中枪的年轻男尸。通过他口袋中的定期公交车票，警方得知，这名死者是立明大学文学院三年级的学生饭原优太。这下子，电视与报纸自然会将此事大报特报，还带上了饭原的名字。

坂出当即联络了其他几人，约好在大学再度聚首。根据他们拼命收集来的信息，自偷违禁品那晚之后，便再也没人见过活生生的饭原。

只不过，他们仍对神舞岬的男尸正是饭原本人一事半信半疑。

可他们同样不认为警方会公布假消息。

既然饭原当时已经中枪坠崖，那么自己在神舞神社的鸟居下所见到的那个“饭原”肯定是幽灵！他们原本对怪谈故事和灵异现象毫无兴趣，现在却只得相信世上真的有幽灵存在。

实际上，事情都已经发展到了这般地步，他们居然仍未下定决心去找警察自首。虽然他们很清楚，在饭原的遗体出现之后，警方迟早会来找“流行会”的成员们问话，不过还是决定彻底装作不知道。

“要是‘条子’找上门来，什么都别说！只当从头到尾都和我们没关系！包括‘叶子’的事！饭原已经死了，即使凶手看到了我们，也不知道我们的长相，所以只要我们自己不交代，就绝对不会有事！”

片山号召大家按他说的去做。

一旦他们的秘密浮出水面，肯定会被退学，难怪一心想当老师的片山会如此焦虑。

“但那时候，饭原的幽灵的确在场吧？它会再次出现吗？”

森连说话都带着颤音。

“你这笨蛋！”

下野田气急道。

他那本就消瘦且泛着青黑色的脸颊此刻正因恐惧和愤怒而痉挛着：

“他的幽灵出现了又怎么样？还能找警察告密？难道你想自己主动坦白？”

大家都被他的爆发给震慑住了，纷纷僵硬地点着头。

就如同下野田所说，自己亲眼看到了饭原的幽灵。这一点的确无法否认。但即便如此，它和主动坦白是两码事。即使会遭到饭原怨恨，眼下也只能先求自保——不，反观饭原，他之所以会落得这番下场，完全就是自作自受。谁叫他准备独吞违禁品呢？

因此，要不是五人中最胆小的森在那天夜里改变了主意，由父亲陪同前往警局自首，那么无论警方怎么提问，他们都打算一口咬定说“不知道”。

以森自首为契机，他们四人把来龙去脉交代得清清楚楚；而结果，按说是个“好好学生”的内海也受到了当局的调查。

截止到这一步时，他们还能说是咎由自取，但除了遇害的饭原之外，内海在某种意义上或许可以算是本案的最大受害人了，原因便是没能预见被断了货源的“瘾君子”居然会失控乱来。

内海以营利为目的贩卖违禁品，比起单纯的“持有”或“接受”，自然是罪加一等。虽说念在初犯的份上可以免受实刑，但退学处分则是板上钉钉的。

不消说，他和院主任的千金也即刻分了手。他一早做好了自己的人生规划：给同学尝到违禁品的滋味，再偷偷卖给他们，通过如此卑鄙的手段来挣取零花钱，而自己则厚颜无耻地走着精英分子的道路。然而这套计划终究落了空。

搜查阵营调查了内海的不在场证明，最终明确了他是清白的。

原来，他从那晚七点左右开始，一直到将近半夜三点，都和电气工学系的伙伴们聚在大学附近的深夜小酒馆里唱卡拉OK。这一点得到了五六位与违禁品无关的学生的证言。而且内海在聚会期间完全没有离席，不可能于半夜两点去往神舞岬。

离开小酒馆后，内海骑上了停在店旁的摩托车，直接回家了。

他住在父母家，当时夜已深，家人们当然都已入睡。不过饭原一案毕竟还涉及手枪这一关键物证，因此即使他没有不在场证明，搜查阵营也不会认为他就是犯罪嫌疑人。

剩下的问题就是那四人所看到的“幽灵”。

警方最终将其归结为因吸食违禁品而产生的幻觉。因为要编故事也不会挑这么离奇的编，再加上他们看起来都对此深信不疑。

说白了，“瘾君子”出现幻视、幻听等症状并不少见。四个人凑在一起同时看到同样的幻觉确实太偶然，可考虑到他们当时的心理状态，这便不再显得特别异常了。

最后，常识就这样粉碎了怪谈。

5

“树来，你知道《座敷童子的故事》吗？”

君原问道。

“嗯，知道！我读过宫泽贤治老师写的书。”

“嘿，原来你不光看推理小说？”

君原很是诧异，树来则回答说：

“当然啦，我很喜欢宫泽老师呢，更何况《座敷童子的故事》其实是彻彻底底的推理作品哦！”

树来的眼睛都亮了起来，不过表情却意外地带上了些许不满。

君原也欣赏宫泽贤治，年轻时将他的文库本翻来覆去地读了又读。此刻，他胸中涌起了强烈的感动，心想着孙儿果真继承了自己的血脉。

“说到座敷童子，可不仅出现在宫泽贤治的童话故事里。那原本是个民间传说，以岩手县为中心传播到整个东北地区。在不同的区域好像有不同的版本。

“和现在不一样，以前的日本非常穷困，尤其是东北地区，平民百姓连吃饭都勉强，所以在气候糟糕、没有收成而闹饥荒时，就会有很多人活活饿死。也因此，听说‘间苗[1]’这个词还可以指父母将幼子或刚出生的婴儿杀死。换句话说也就是‘减少几张吃饭的嘴’。”

“这可真是太残忍了！”

“确实残忍，对现代人来说是无法想象的。但不这么做的话，大人和其他孩子就活不下去。为了避免全家人一起死绝，只好牺牲最弱小的一分子。像这样被杀死的小孩子便会化身为‘座敷童子’出现在家中，一会儿搞些恶作剧，一会儿又和其他孩子一同玩耍。”

树来整个人都僵住了，似乎是因为君原的讲解而感到震惊。

“就算出于无奈，父母心中的悲哀与愧疚也绝对不会消失。于

1　间苗又称“疏苗”，指种子发芽出苗后，拔去过密幼苗、选留壮苗的工作，避免幼苗拥挤，保证幼苗有足够的生长空间和营养面积，使苗间空气流通、日照充足。——译者注

是，当健康活泼的孩子们聚集在一起围成圈时，大人们总会想起本该同样在圈中嬉戏的那个孩子。座敷童子的神秘传说或许就是从中诞生的。”

“怎么会有这种事……”

树来轻声嘀咕着。

年幼的生命陨落，而且下手的不是别人，正是自己的亲生父母！即便如此，孩子们的亡魂还能心无恨意，悄悄躲在家中的角落，注视着家人的生活……座敷童子是如此惹人怜爱，或许也让树来深受感动。

君原心想，孙儿树来真是个充满感性的孩子。

“我从他们提到饭原的‘幽灵’开始，就想起了座敷童子的故事。他们五人中有一人被枪击中而坠海，那么肯定只剩下四人才对。而他们却拼命主张说，无论怎么点人数，结果都确实是五个人。”

“这说明存活下来的四个人都下意识地认为，他们五人之中没有任何人被杀死吧？”

“也许吧。这种心理状态使得他们认为自己一行五人都安然无恙。”

闻言，树来专注地思考了起来。

“‘叶子’是一种违禁品，尽管有人爱说蠢话，声称比起烟草来，它的危害反倒更小，可实际上这都是一派胡言。的确，烟草对身体也不好，但至少过量吸烟并不会导致精神问题。长期吸食‘叶子’

则将引发想象力与思考能力低下、行动异常。最终，吸食者大脑受损，无法正常生活。

“当然了，‘叶子’同样会影响健康，使人出现免疫力低下的问题。即使不论这一点，没有明显犯罪倾向的人也因为想要得到‘叶子’而做出偷窃、抢劫等行为。看看饭原他们就明白了吧。社会上好像还流传着一些荒谬的说法，说只有日本对‘叶子’采取严格管理措施，而国外可以自由吸食。虽说这也不是完全扯谎，不过大部分国家其实都禁‘叶子’。”

君原独自说道，树来则仍低着头。

他在专心思考时总是会变成这个样子。

君原看着他毛茸茸、圆滚滚的脑袋，继续往下讲解：

“饭原的‘幽灵’要是像座敷童子那样乖乖的倒也罢了，然而它迟早会变得‘凶暴’起来。滥用药物将加剧人的幻觉，最后陷入错乱。试想，等饭原的‘幽灵’袭来，他们四人中总有人会因恐慌而发狂，接着引发第二、第三起伤亡案件。”

人们一开始都是随随便便地接触了“叶子”，而后很快就会尝试兴奋剂等效力更强的违禁品，速度之快宛如搭乘电梯，直到最终葬送自己的整个人生。君原见过无数这样的年轻人，直到现在仍对他们的天真和愚蠢深感愤怒。

“其实我不这么认为……”

树来有些惶恐地开了口。

6

“爷爷您误会了，我不是在否定‘叶子’致幻的事实。”

见君原露出了惊异的表情，树来也意识到了自己的话引起了歧义，于是赶紧补充道，

“我想说的是，那四个人在鸟居下看到的不是幻觉，而是真正的饭原。他当时还活着。”

“嗯？”

君原好奇树来又想到什么理由了。

换作是以前，他不会去思考这种问题，可现在的他则很想虚心地倾听孙儿的意见。

“树来，你觉得他们四个之前看到的坠崖者并不是真正的饭原？”

“没错。”

树来的声音中不带一丝迷茫。

“那么，那时候中枪坠海的男人到底是谁？我刚刚应该已经说过，经过声纹鉴定，那声尖叫确实是饭原所发出的。”

“因为尖叫的确实是饭原呀。大概是饭原偷偷带着演戏时用的道具枪，当着同伴们的面向对方开了‘枪’，接着故意惨叫起来，装出自己吃了一枪的样子，好骗过他们。”

“可坠海的又是谁？”

“我猜是他提前准备好的泥人。他肯定是用了木头把泥人支在悬崖边上，而且大概只在表面上糊了一层纸黏土[1]。我之前在学校做过纸黏土的手工，那种材质是溶于水的。

“一个戴着手套、头套袜子、抱着纸包的泥人其实并不难做。反正它只会被人在月光下匆匆一瞥而已。一旦看破这个诡计，之后的情况便很容易说明了吧？”

听到树来流畅的回答，君原愣住了，根本想不出该如何插话。

“您再想想，把暮义公司的宿舍里藏有违禁品的情报透给同伴们的正是饭原。假如他没说出那回事，他们一伙人也不会去做贼吧？但他为什么要独占违禁品呢？我最初就对这一点抱有疑问。既然他想这么干，那自己去偷不就行了？”

君原觉得树来还真是说中了要害，而自己为何从未察觉到这个疑点呢？

“或许就像你说的，不过我还是不明白，饭原何必这么折腾？有必要吗？”

他老老实实地承认了。

1　纸黏土是一种软雕塑材料，以纸浆混合树脂和黏土制成，价钱较其他黏土便宜，通过加水、手捏和使用各种工具加工后可变成不同的形状，在干透变硬以后便不能再令其形状改变，但可溶于水，一般用于制作泥人、小饰物、画作等。——译者注

“肯定是内海的指示呗。毕竟那桩枪击坠海案就是他俩合谋的。”

树来若无其事地答道。

“内海？但内海因为那桩案子受到牵连而被捕，他未来的工作、婚姻也一起泡汤了。他都落到这个下场了，你还想说那桩案子是他自己起的头？”

“正是如此。他那时候应该就是被逼到这份上了，哪怕会失去一切他也不得不这么做哦。您能稍微听听我的推理吗？”

“好。”

“按我的想法，饭原是从内海嘴里听到这套计划的。内海提议由他俩把违禁品平分了，而且他的说辞大概是——暮义公司的宿舍里存放着大量的违禁品，若直接偷出去的话，他和大学里的朋友肯定是头号嫌疑人，因为他的销售对象就是那群家伙。所以要伪装成和立明大学毫无关系的敌对帮派闯入行窃，并射杀了打算独吞违禁品的同伙，而被盗的违禁品也随之一起掉下悬崖。这样一来，他们便不用担心自己会受到怀疑了。”

君原轻轻叹了口气。

同时，树来仍淡定地陈述着自己的观点：

“要是让一个泥人以脸朝下的姿势坠海，就算被同伴看到了也无所谓，反正他们肯定会被枪声和尖叫声给吓唬到，飞快地逃离现场。饭原只需追上他们即可。等逃到鸟居下方，他们相互确认过全员生还之后，也不可能回现场确认到底是谁被杀了，更别说去报警，那根本就不可能。

“即使是暮义公司的员工，听到动静亦会飞奔过来。只是一旦报警，便会打草惊蛇，引起麻烦，于是他们同样得放弃找警察解决问题这条路。总之这个计划绝对安全……内海就这样说服了饭原。”

“然而，案发当天没人留在宿舍里。”

君原指出道。

“嗯，确实。并且内海对此心里门清。毕竟全体员工都聚集在公司里，以防敌对帮派发动袭击。不过他却让饭原误以为当时正有人在宿舍里睡觉。”

“那又是为什么？”

“因为他必须制造出目击证人，亲眼看见饭原在深夜两点多时遭到枪击一事。坂出、下野田、森、片山四人便被他定为证人角色了。为此，他成功地让饭原去唆使他们下决心盗取违禁品；估计他还耐心地对饭原解释说，为了让宿舍里的家伙相信敌对帮派的人攻过来了，必须多带点人，并引发一起骚动。

“饭原做梦都想不到，内海真正的目的竟是杀了他，而上述种种全都是内海为得到不在场证明所做的工作。”

“嗯……”

君原一下子接不上话，回想着自己当年究竟是在关注什么，才会漏看这些。

“我认为内海打一开始就是奔着杀死饭原而去的。案发当天，他既确保了自己的不在场证明成立，又和饭原约好趁天亮前在神舞神社见面，声称违禁品就藏在祠堂中。当然了，他们也约定要穿一身黑衣、戴手套，并用袜子套头。因为不和饭原一行五人做同样打扮的话就麻烦了。他们把各自的摩托车和自行车停靠在鸟居旁，往建在悬崖前的祠堂走去。随后，就在饭原背对着内海的瞬间，内海便掏出偷偷携带的手枪，对他扣动了扳机。”

“那把手枪可是杀害暮义公司的销售部部长原岛的凶器啊，换句话说……”

君原开始思考。

“您想得没错！”

树来似乎很高兴，他继续说道：

“射杀原岛部长的并不是敌对帮派的杀手，而是内海！虽然他也杀了饭原，但他的目标不在于要对方的命，是希望在对方体内射入一颗子弹，而且它得和杀死原岛部长的那颗子弹拥有相同的膛线痕迹。如此一来，枪击饭原的凶手和袭击岛原部长的凶手就会变成同一人！”

“原来如此！只要内海能让自己在饭原被害时有不在场证明，那么当然就不会被人怀疑为原岛一案的真凶，这就是他的盘算！真是个聪明的家伙！”

君原脑中的迷雾一下子消散了。

“在秘密贩卖违禁品的过程中，他和原岛部长之间可能发生了纠纷，不过无论如何，他私下通敌了，因为他用的手枪原本属于敌对帮派成员——杀手安藤。”

“可安藤不是在捣毁敌对帮派时很活跃吗？那么，内海也是他要剿灭的对象之一吧？虽然内海不是暮义公司的员工，却是社长的外甥，想必对公司的内幕很了解。”

“于是安藤才会把枪交给内海，命令他杀了原岛部长吧？对方是‘自己人’，原岛部长自然会放松警惕。所以就算原岛部长是帮派‘二把手’的辅佐者，也还是被人从近距离一枪解决；又或者是内海通敌一事败露，被原岛部长得知，于是他不得不赶紧解决对方。从内海的为人来看，后者的可能性倒是更大。”

“内海为了把杀死原岛的罪名扣到敌对帮派的人，也就是安藤的头上，便以‘叶子’为诱饵引饭原上钩，上演了一出大戏。”

“然而，要是没有杀原岛部长，自己暗中进行的违禁品生意也不会被人发现。内海由此陷入了重大的危机。他的舅舅，也就是暮义公司的社长可能已经隐约察觉到了他的背叛。”

“这么一来，如果枪杀原岛一事再浮出水面，那么即使是亲舅舅，也不可能原谅他。帮派里的人会用席子把他一卷就活埋了。”

听到爷爷这么说，树来微微颤抖着，不知他的脑海中是否浮现出了内海被席子裹住的样子。

“内海在开枪之后，就把只剩半条命的饭原从神舞神社的悬崖上推下去了吗？”

“嗯，连同提前从员工宿舍里偷出来的违禁品一起推下去了。而在神舞岬坠崖的饭原又由于海流的缘故，最后漂到了那堆岩石上。”

室内陷入了片刻的寂静。

由于爷孙俩一直在说话，分别装有热咖啡和冰茶的纸杯都早就空了。

君原缓缓起身，朝厨房走去，打算泡一壶焙茶，同时把方才讨论的内容在脑中再整理一遍。

7

“一切大概都像你推理的那样，我们的搜查出了错，放跑了杀害饭原的真凶。可现在再后悔也没用了。只是我还有一个问题，那就是——内海为什么找上饭原呢？我总觉得下野田更适合这样的角色。”

君原一边啜饮着热焙茶，一边向孙儿提问道。

这是他经手过且已结案的案子，如今却被局外人指出存在重大失误。若是从前的他，估计会青筋暴起，立刻反驳。

可是现在的他，已经能够如此冷静地接受这样的事实了。理由之一固然是树来的话语中没有任何非难的意思，但最重要的是，孙儿或许融化了他的内心。自打从警以来，经历了长久的岁月，他的脾气变得暴躁，神经也变得僵化，而树来就宛如温柔的树液一般渗入了他的心脾。

闻言，树来再次露出了苦笑，答道：

“找上饭原不是理所当然的吗？他是乐队的主唱，擅长大喊大叫。”

被他这么一说，还真是觉得很有道理。

“正因为员工宿舍里的录音设备所录下的尖叫和饭原在摇滚乐队演奏磁带中的啸声声纹一致，才能让亲眼看到他存活下来的同伴们认为当时遇上的是‘幽灵’。包括警方也被说服了，对吧？”

“原来如此。”

“我甚至觉得宿舍里的录音设备是内海亲自说服社长后装上的。顺便多提一句，制作那个泥人的估计也是他。”

君原大声笑了：

“还真像你说的那样，我完全输给你了。”

说完，两人又迅速回到了现实中来。

“不知道内海现在怎么样了……总之，案子的时效已经过了，他一定在嘲笑以我为首的搜查阵营有多么无能吧。”

君原喃喃自语道。

“这可不好说呀，爷爷。”

树来谨慎地组织着语言：

“我并不认为内海还能有这份闲心。毕竟他杀了黑道人士哦。即使警察放过了他，黑道可没这么好说话。只要觉得对方有丝毫可疑，都会不择手段地加以制裁。即使放弃与院主任千金结婚并成为教授的梦想，他也要优先保住自己的小命。

“但是，受着威胁，战战兢兢地度过一生，到底是一种怎样的感觉？”

听完孙儿的分析，君原叹了口气，心想这孩子实在是太完美了。

儿媳也在孩子的应试教育上投入了大量心血。当她把树来和妹妹麻亚知送进了可以从小学一路直升到大学的一贯制私立学校时，君原心里很不痛快。他曾问过儿媳：

“就凭我儿子那点薪水，你们打算怎么张罗孩子们的学费？”

“他们外公会补贴的，您不用操心。”

儿媳满不在乎的回答，让他更加火大。

但是树来在上小学六年级时，还能不为“小升初”考试烦恼，还能像现在这般与他这个爷爷一起平静而和睦地度过假期，倒确实不赖。

他们聊得忘乎所以，可眼下已经到了就寝时间了。

天亮起床，天黑入睡——这就是君原这位丧妻的退休刑警的日常生活。

他的日子平稳，单调，且重复。

不过，明天早上醒来后，他可不再是孤身一人。

“爷爷，早安！”

待到明天，树来便会笑着向他问早，整个人清新得宛如一株小树苗。

神明有时也会体贴人啊！

君原如此想着。

随后他慢悠悠地站起身来，去烧洗澡水了。

犯人就是我

所谓“死前留言”，大致上可以等同于“意义不详”的文字，得等到查清凶手是谁之后方能将其破解。

所以它的存在到底有什么意义？

1

“爷爷，在您当警察的时候，碰上过带有‘死前留言’的案子吗？”

树来抬眼看向君原，提问道。

这爷孙俩在起居室里，正准备吃放在桌上的从车站前的店里买回来的甜甜圈、热咖啡以及冰茶。

现在已是十一月的深秋，白天的气温还好说，晚上则冷得让君原想开暖气。不过树来年纪小，只穿一件棉质衬衫和一条短裤也不畏寒，还理所当然地点了加冰的饮品。

“嗯——‘死前留言’是吧？”

可算来问了！

他强忍住了想叫出声来的冲动，一边致力于卖关子，一边往热咖啡中加入奶精。

孙儿树来十二岁了，上小学六年级，本该是忙于学习和交友的年纪，却在宝贵的星期六跑到丧偶独居的爷爷家中打发时间，其中自然是有理由的。

因为他将来想当推理小说家，于是趁现在来打听爷爷从警生涯中的经历，好作为相关知识与剧情桥段的储备。尽管君原明白这一点，可孙儿的到来实在让他太开心了，他依然对这孩子毫无招架之力。

他带着树来去开在车站前的回转寿司店里美美地享用了一顿握寿司，饭后甜点吃甜甜圈也已经是老规矩了，不过他还是会因他们爷孙俩的口味一致而觉得美滋滋的。

吃握寿司时，他们总是从无可挑剔的金枪鱼腩握寿司开始吃起，但真正喜欢的寿司料其实是贝类，且必须得是赤贝、象拔蚌、青柳蛤、鸟尾蛤等食材。至于嚼起来软绵绵的帆立贝在他们眼里可算不上真正的贝类。此外，这一老一少也绝不会放过章鱼腿和海鳗，还一定要加上甜甜辣辣的酱汁。虽说有人会蘸芥末酱油，只是这对他们而言不够味。

树来的父亲，即君原的儿子，当他还像树来这么大的时候，君原也曾带他去过寿司店，结果他只挑金枪鱼瘦肉寿司和腌鲑鱼子寿司，又不让师傅给加芥末。而在君原看来，要是握寿司里没有芥末，那还不如不吃。

现在回想，君原意识到自己几乎没有和家人一起去吃过寿司。毕竟他工作繁忙，经济上也没有那么宽裕。

然而，尽管这些因素的确属实，但又或许，只是他面对妻子的不满时所找的借口罢了。

“您遇上过‘死前留言’吗？”

树来催促道，仿佛看透了君原的心思。

“这个嘛，倒也不能说没有。不过内容让人丈二和尚摸不着头脑，估计你不会感兴趣的。”

君原设下了防。可这不仅是为了保住面子，而是由于那桩案子确实像他所说那般不知所云，如今想来也仍是个谜。

然而，树来已经兴奋得两眼放光了。

“‘死前留言’就是因为意义不详才有价值嘛！要是一看就懂，警方便能当场破案，那还哪来后话呀！”

君原露出了苦笑。

大概正是因此，在以“死前留言”为题材的作品中，很少出现伟大的杰作。不，别说“伟大的杰作”了，就连佳作都很少。虽然这只是君原的一己之见……

当然，现实则是另一番景象。倘若被害人留下的话语或文字能指出凶手是谁，那么案件便可即刻告破，让人直呼万岁。毕竟没有哪个笨蛋会说“轻易抓住凶手实在太无聊了”之类的傻话。再者，人之将死，也不会故意琢磨着搞出一些难懂的语句。

可是，假如出现了一条奇怪的死亡留言，在案件告破之后依然让人觉得语焉不详，那又会是怎么回事呢?

君原趁咖啡还热着，先啜上一口，接着慢慢开腔了。

2

那是君原当上警察不久后发生的案子。当时他还在C市的凑河中央警署刑事犯罪科工作，却遇上了一桩家族内部杀人案，即后来世人口中的“河南一案”。

河南家是C市屈指可数的名门望族之一，前任户主河南荣造老人当时已是耄耋高龄，在市议会议员的位子上干了很多年，终于期满退休，过起了悠闲自在的日子，埋首于谣曲[1]、围棋和盆栽三大爱好之中。

河南家是大地主，拥有大量的土地，这为他们家族带来了巨额收入。荣造把管理土地的业务交给了自己的第三个儿子——龙三，但似乎并不打算将实权让渡出去，目前仍作为绝对的掌权者，君临于整个家族。

荣造的妻子——阿泷出身于近郊的农户家庭，年轻时便是个美女，而且是公认的能说会道、勤劳能干。

她养育了三个儿子，同时还代替忙碌的丈夫，一力包揽了各种

1　谣曲又称“谣”，是日本古典歌舞剧“能剧”的文本剧本部分。“能剧”是中世纪的室町时代在猿乐（类似中国唐代的散乐）的基础上经过改革、提高而创造出来的综合性舞台艺术，拥有深奥、典雅的特征，题材多取自文史典籍，也有一些取材于社会现实。——译者注

工作，从征收地租到走访市议员选举中的支持者们都不在话下，很有手腕。然而，自打荣造从政界隐退，她的生活便不再有当年的那股劲头，人也急速衰老了下去，这几年更是出现了痴呆症的前兆。

这一家的老三——河南龙三住在家族豪宅中的一处别屋里。时值十一月的深秋时节，某天早晨，有人发现龙三在他自己的房间里遭人刺杀身亡。

龙三时年四十四岁，他与妻子悦子（三十六岁）、长女裕见子（初中二年级）以及次女佐和子（小学六年级）组成了一个四口之家。

龙三本是河南家的现任户主，应该代替退休享乐的父母搬入主宅，不过却仍和自己的小家庭成员一起住在别屋，这或许可以证明他并未得到父亲信任。但实际上，对悦子而言，能够生活在别屋里，远离啰唆的公婆及用人们的目光，反倒轻松不少。根据街头巷尾的传言，龙三虽然娶了受父母认可的女性为妻，可一旦结了婚，又被婆媳问题搅得焦头烂额。

尸体的发现者是悦子。

因为龙三这阵子有些神经衰弱，悦子便独自住在夫妻二人的卧室中。那是一间八张榻榻米大小的日式房间。龙三则把床搬到与之隔了一条走廊的书房里。除了外出时分，他几乎都在那里度过。这已经是他的习惯了。

那天早上，悦子和平时一样把早餐送到龙三的书房，却看到他仰面躺在床上，胸前插着一把裁纸刀，已然断了气。

他子承父业，已经担任了两届市议员。其实世人并不认为排行老三的他拥有足够的能力和资质去继承父亲荣造的衣钵。只不过因为被寄予厚望的长子荣一不幸夭折，次子寅二素行不良，多重偶然之下，这副担子才落到了他头上。

据说在这三兄弟中，荣一的学业最为优秀，而且魄力不逊于父亲荣造，所以荣造对他的期待也不是一般的高，可他却养成了自由奔放的性格。当时毕竟是战前时代，河南家有好多位未婚的年轻女佣，他和其中一位正值双十年华的姑娘恋爱了。

那位姑娘名唤静枝，来自近郊的农户，为人干脆又伶俐，做杂工实在太可惜了，于是被提拔到了照料少爷们的岗位上。尽管年纪轻轻，上至打点荣一的生活，下到给龙三辅导功课，她都干得妥妥帖帖、面面俱到，完全替忙碌的阿泷老夫人履行了母职，但这最终却招致了恶果——她怀上了荣一的孩子。

可惜那是一个不把女佣当人看的年代。即使怀有身孕，贫穷的农家女儿也不可能和还在上大学的名门长子结婚。

荣造夫妇与静枝的父亲进行了对话，结果决定将静枝生下的孩子算作河南家的末子，再找个机会送出去当别人家的养子。而静枝就作为小妾侍奉在荣一身边，直到他和门当户对的女性结婚。当然，条件是河南家得给静枝开出高薪，以后还要为她找个好婆家。

荣一未来将成为超越父亲的政治家，为此他必须和在当地有权有势的人家结亲。对于按说只能嫁去贫穷的农户家的静枝而言，上述的安排也并非坏事。该说不愧是河南家吗，居然能给出如此妥当的解决方案，任谁都不得不接受，甚至包括荣一本人在内。

然而，静枝似乎不是那种对长辈们唯命是从的女性。她不知道该如何接受恋人荣一那堪称背信弃义的自保行为，却将愤怒的矛头对准了荣造而非荣一。

第二天一早，河南家主宅的庭院便遭到了彻底破坏，所有盆栽全被踩得稀烂。

世人都知道荣造兴趣广泛，尤其对盆栽投入了非同寻常的热情，不仅会亲自修剪，而且但凡听说哪里有珍品，便不吝金钱，定要购入家中，可谓是一位到处搜购心头好的“盆栽收藏家”。

其中，他最引以为豪的是一株名叫“曙光”的日本五针松[1]。那是他在几年前通过某些门路买到的，所有收藏家都对它垂涎欲滴，堪称无价珍品。而今，那株被他视作传家宝的“曙光”已经变成了一堆残枝败叶，遭人扔在前厅前的院子里。这下无疑引发了一场大骚乱。

头一个受到怀疑的便是静枝。

她在面对阿泷的审问时一直顽固地紧闭着嘴，但在其他房间里和父亲面谈时，却爽快地坦白了自己的“罪状”。她表示，如果把荣造老爷当命根子般的盆栽弄得七零八落的，那么荣一少爷说不定就多少

1　日本五针松是松科松属的植物，原产于日本，具有针叶紧密秀丽、树枝优美的特点，为珍贵的观赏树种，多用于盆栽造型，在花园、居住区、宾馆的广场露地也有栽种，宜与山石搭配，起到主景作用。——译者注

能理解她的心情了。

原来，是她因为想不开而做出了这种不计后果的行为。

终于，她被赶回了自己家。某个冬日的早晨，还没把孩子生下来的她就在库房里上吊了。

尽管河南家下了封口令，严禁他人将此等家丑外传，谣言还是在一瞬间就扩散了开来。后来战争结束，又再过了二十年，它依然是河南家的相关人士之间的一项谈资，被称为“盆栽事件”。

而这起事件似乎也是河南家不幸的开始。以它为契机，荣一的精神出现了异常。或许是他认为自己对静枝见死不救，产生了自责之情，逐渐出现了引人注目的不当言行。接着，他从大学退了学，还沉溺于酒精和药物，最后卧轨自杀了。

如此一来，河南家按说得把家族的未来托付给次子寅二，怎奈他就是个标准得仿佛从画册里跑出来的浪荡子，从高中起就会拈花惹草，还欠了债，让母亲给他收拾残局，是个屡教不改的老油条。后来他和一个比他年长八岁还带着孩子的舞女相爱，甚至住进了女方家里，被荣造断绝了父子关系。

与现在不同，当时的人们只要一提到舞女，便将她们等同于娼妓并加以鄙视。之后那位女性和寅二正式结婚，生下了两个男孩，分别叫作阿实和阿清。可即便如此，她依然得不到河南家的承认，于几年前因子宫癌去世。

这下终于轮到龙三继承家业了。不过荣一自杀时，龙三只是个九岁的孩子。也许是因为目睹了两位哥哥的悲惨遭遇，他对任何事均抱着消极的态度。

他的仪表和学识都不及哥哥们，因此连母亲也不把他当回事，将他完全扔给用人抚养。由于认真和顺从是他仅有的可取之处，当他成为政治家之后，也依然在父亲面前抬不起头来，是个活像德川秀忠[1]似的天真少爷。

事实上，龙三最近说过自己胃部不适，医生建议他进行胃溃疡手术（解剖结果也证明了他的确患有胃溃疡），但他本人却认定自己得了胃癌，没有接受手术的勇气，只是一味消沉。

雪上加霜的是，离家多年的二哥寅二大约自半个月前起便暂时住进了主宅。

既然龙三状况不妙，即使是荣造那般人物，也不得不和次子恢复父子关系。而且寅二还有两个儿子，再加上阿泷本就疼爱他，父子和解对她而言正可谓求之不得的好事。

悦子当即便认为丈夫死于自杀。一方面固然是因为他患上了心理疾病，而更主要的是，龙三的左手紧紧握着那把裁纸刀的刀柄。那是

1　德川秀忠，生于1579年5月2日，逝于1632年3月14日，是开创江户幕府时代的德川家康的第三个儿子，最终继承了父亲的职位，成为江户幕府第二位将军。虽然为巩固家族统治地位、维护日本安定起到了作用，但据说行事有些迂腐，性格又柔而不刚，在继任将军前曾不被众人看好。——译者注

他心爱的古董刀，英国货，重约五十克，由925银[1]制成，上面有五枚银标[2]钢印，平时总被他置于案头。

刀刃堵住了伤口，血液并没有溅得到处都是。龙三平躺在床上，却不像是在睡梦中死去的，因为他身上是平日里会穿的毛衣和长裤，被褥也铺得好好的，不见睡过的痕迹。

悦子的悲鸣声响彻了整个河南家，但她没有即刻报警，毕竟“自杀”是件有损体面的事，为了寻求善后对策，她首先要遵从荣造夫妇的指示。

听到悦子的尖叫而赶来的荣造夫妇也和她抱着相同的观点，认为现场既不像遭窃贼从外部入侵，也完全没有发生过争斗的样子。加之有荣一的例子在先，如今任谁都对龙三的精神状态忧虑重重。

不仅如此，龙三的右手食指上还沾满了鲜血。

他的床紧贴着房间左侧的白墙，床头就在朝东面开的窗户下边。尸体旁的墙壁上有些断断续续的痕迹，看起来像是死者用沾血的手指

---

1 925银指含银量高达92.5%的银合金，其实该纯度一般即被认定为纯银，是国际上做银饰品的国际标准银。因为纯度过高的银柔软并且容易氧化，因此加入了7.5%的其他金属。该技术最早由美国蒂芙尼公司于1851年推出。——译者注

2 银标是英国官方银器标识系统，最早出现于1238年，完善于16世纪，且一直沿用至今，分别代表了生产年代、产地、制作工坊或银匠的名字、纯银含量、完税情况。经其认证的银器一般都会带有4到5枚银标，是可信度与高质量的保证。——译者注

写下的文字。

内容应该是：

“犯人就是我（わたし）。”

3

“那句话是用平假名[1]写的吗？”

树来插嘴问道。

“是的。”

“一共有九个平假名对吧？写在同一行里吗？”

“嗯，虽然那行字没有从头到尾保持水平，而是渐渐往右下角倾斜，但确实从左往右写在了同一行里。”

君原当年也在现场确认过这一点。

“每个字都写得很清楚吗？”

“挺清楚的，可血液不同于墨水，比较黏稠，所以没法写出马克笔那样流畅的效果。不过整体而言还是比较容易辨认的。”

“犯人的名字不会是‘わたい’或‘わたじ’吧？那毕竟是龙三先生临死前用别扭的姿势写下的文字，也可能把‘い’误写成了

1　平假名是现代日语的组成部分，是日语的表音文字，其中平假名大多从中国的草书演化而来，汉字曾由我国传至日本，随着时间的流逝而逐渐演化出了日本的读音，与汉字本身的读音有所不同。——译者注

‘し’，或者漏了‘じ’上的两点，不是吗？”

树来边思考，边慢慢地挑选着合适的词汇来表达想法。

“不会。保险起见，我们也往那些方向调查过，可龙三的朋友中并没有叫‘わたい’或‘わたじ’的人。再说了，假如他在写字时已经耗尽了全身的力气，还能把它们写得那么清楚也未免太不正常了。”

君原答道。

“嗯，也是。”

树来似乎能够理解，爽快地同意了爷爷的观点，可接着又问道：

“对了，墙上只有那几个字吗？”

“没错。”

“这样啊……”

树来陷入了思考，随后开了口：

“但是哦，如果龙三先生是在留下了‘犯人就是我’这句话之后再自杀的，那又怎么说呢？假设他为了不让家人怀疑，想把自杀这件事给解释明白，那么在将裁纸刀刺入胸口之前留下遗书就行了。那毕竟是他自己的书房，为什么非得在临终前才特地用手指蘸血写字呢？”

君原笑了出来：

“所以我才说这个死前留言让人‘丈二和尚摸不着头脑’嘛。”

树来却很认真，还在继续纠结：

“要是这样的话，反倒不该把它看作死前留言才对吧？将死之人不可能刻意写下无效信息。”

确实如他所说，这是一桩发生在现实中的案子，因此需要从现实的角度予以考虑。

“写下那句话的肯定不是被害人，而是凶手。对方杀死龙三先生之后，为了把他的死伪装成自杀，才用他的手指蘸上鲜血，写下了死前留言。”

说完，树来自己用力点了点头，接着继续分析道：

“除此之外别无可能。而且凶手故意选了受害人心爱的裁纸刀作为凶器，并把受害人的手摆成握住刀柄的姿势。”

他低下头去，嘴里嘟嘟哝哝的：

“再不然，这就是凶手对警方发出的挑战，意在表达‘犯人就是我，但我是谁呢？你们有本事就来抓吧！’。若对方自我表现欲强烈，这倒也说得通呢。”

君原看着推理个不停的树来，心中顿生同情。其实这桩案子早就完美告破了。自己不立刻把结果告诉他的话，对他也不公平。

“龙三的死确实是他杀。事实上，凶手很快就被捉拿归案了。不过他是自首的。”

听到君原的话，树来抬起了头。

4

河南寅二是河南家的次子，五十三岁，在售报点工作，岗位是店员。他于龙三的尸体被发现的当天来到凑河中央警署投案自首，具体时间是十一月二十日早上八点四十一分。

他看起来相当寒酸，毫无名门少爷的样子，这让受理窗口处的女警非常困惑，但在与科长一起接待了他的君原眼里，这正是他游戏人间的下场。

尽管寅二瘦骨嶙峋，衣着简陋，待人接物却还是颇有风度，年轻时绝对很受女性欢迎。他或许是反复斟酌了一整晚才决定前来自首的，整个人形容憔悴，胡子拉碴。他坦白了杀死弟弟的经过，口吻相当平静。

他的供述如下：

前一天晚上深夜十一点时，寅二去别屋的书房找弟弟龙三，因为弟弟称有重要的话想和他谈谈。其实就算不问，寅二也明白对方打算说什么——早就与家里断绝关系的二哥趁着老迈的双亲虚弱之时，光明正大地登堂入室，毫不避讳，而非暗中接受资助，这可绝不是什么让人愉快的事。

寅二理解龙三的想法，但自己也没有理由非得避嫌不可，毕竟这里是父亲荣造的家，而不是龙三的家。因此寅二相当从容，没做任何准备就赴约了。

兄弟俩一开始还能心平气和地交流。龙三让寅二坐在书桌前的扶手椅上，自己则坐到了床上，随后请二哥品尝从餐具柜里取出的苏格兰威士忌，完全就是一副打算稳妥地交谈的样子。于是，这场久违的手足对话就从追忆往昔开始了。

龙三情真意切地对二哥讲述了自己孩提时代的心情——父亲顽固不化，对全家采取高压政策，母亲只顾着继承家业的长子和自己溺爱的次子，却对年幼的他不闻不问，再加上哥哥们自由奔放又耀眼夺目，因此龙三似乎一直是抱着抑郁感而活到了今天。

后来，疼爱他的静枝自杀了，大哥也发疯身亡，这给他的精神造成了很大打击。而随着二哥与父亲断绝关系，继承河南家的重担便突然落到了他的身上。无论是父母还是世人都老把他和两位哥哥做比较，他的人生总是被人品评着。进入著名的私立大学也好，迎娶悦子为妻也好，成为政治家也好，这一切全是为了满足父母与世人的期待。

“我这辈子从没快乐过。二哥你按自己喜欢的方式过活，所以不管结局如何都不会后悔吧？可我并不想按现在这样活着。”

寅二说，他听了龙三的话，情不自禁地掉了泪。他从没想到弟弟的烦恼居然如此深刻。

尽管兄弟俩年龄相差很大也是他没能好好理解弟弟的原因之一，然而，这份亲密的兄弟之情，却在龙三要求寅二离开河南家起产生了骤变。

“这是父亲的家，我不会听你指示。”

寅二拒绝了。

闻言，龙三并没有让步，他表示：

“现在我才是河南家的户主，虽说不动产还在父亲名下，但实际上它们都是我的东西，希望你不要忘记这一点。

“父亲已经退休隐居了，自然是无牵无挂的，可我是市议会的议员，需要考虑到身为政治家的面子。说实话，家里一旦住进一个待在偏僻地方的舞女家吃软饭的男人，会让我在支持者面前很难做，尤其是妇女阵营的那群老婆婆，她们最喜欢说人闲话了。二哥，算我求你，由我出面去向父亲求情也行，你就直说了吧，你要多少？”

寅二也有自尊心。甚至该说，在与他自由恋爱又挣钱养家的妻子死后，陷入贫穷的他依然保持着身为河南家的儿子的自尊心，所以才能苟活到今天。即使他眼下确实是为了钱才回到老家，弟弟龙三这副高高在上的口吻依然让他无法忍受。

正因为他对龙三抱有同情，此刻反而有一种被背叛了的感觉，血气上涌。

他一下子做出了完全失常的举动。

之后他们或许还进行了两三句对话，可他全都不记得了。等回过神来，他已经拿起书桌上的裁纸刀，将它深深插进了龙三的胸口。

突然冷静下来的寅二再次看向龙三，只见对方倒在床上。也许是因为惊讶，他的双眼大睁着。虽然已经不再动弹，但他还有呼吸。

他几乎没有流血，估计是刀刃堵住了伤口。寅二开始思考这下该如何是好。

事发突然，龙三连叫都叫不出来。妻子悦子和女儿们似乎都没有察觉到异样。倘若立刻叫救护车，或许尚能保得住他的性命，然而考虑到之后事情可能的走向，寅二到底还是没有这份勇气；但同时，他又不是大胆或毒辣之人，也做不到冷静地了结弟弟的性命，并将他的死伪装成强盗所为。

结果，他做了一个最为折中的选择——他轻轻地把龙三搬到床上，摆出平躺的姿势，随后直接逃回了主宅。

他并不认为到了早上就能一切无恙，不过不能否认，他看得出哪怕龙三没死也不会报警。对政治家而言，家属的丑闻是致命伤。再加上他在用刀刺中弟弟的那瞬间已经处于忘我的状态，对自己下手的力度没有把握，所以伤口说不定意外的浅。

然而，寅二天真的幻想还是被现实轻易地打碎了。次日早晨，他听到了悦子那响彻整个河南家府邸的悲鸣声，便把突然忙乱起来的家人们撇在身后，偷偷溜走了。可有好几名用人都知道他昨晚造访了龙三的书房，事已至此，他根本逃不掉。于是他下定决心，亲自前往凑河中央警署投案了。

寅二的供词和客观情况几乎完全一致。虽然案发当晚是他第一次进龙三的书房，不过门把手、书桌、扶手椅以及凶器裁纸刀等多个物品上都检测出了他的指纹；而通过死者胃中的残留物等推断，龙三的死亡时间也确实在午夜零点前后，即寅二刚离开书房之后的那阵子。

此处应当注意的是，他断言自己离开弟弟的书房时，床边的墙壁上没有任何字迹。

当然，那些血字也不是他捏着龙三的手指写下的。他还竭力主张说，自己压根儿不记得弟弟的左手握着那把裁纸刀的刀柄。

“我怎么可能让龙三写下‘犯人就是我’这种话？这么做到底有什么意义？”

确实如寅二所言，他连自己留在凶器上的指纹都没擦，要是认为这种人会把他杀伪装成自杀也实在是太没道理了。因此果然是在寅二离开后，恢复了意识的龙三凭借自己的意志写下了死前留言。

写有血字的那面白墙偏上方的位置挂着一本当地信用合作社推出的日历，当时已经翻到了最后一页，显示着十一月与十二月的日期，配图是山顶积着皑皑白雪的富士山。又是一年将尽时。谨慎起见，警方摘下日历，仔细检查了背后的那一小块墙壁。它被日历挡着，没有因日晒的洗礼而变色，因此比周围略微白上一些，然而也不见任何字迹或曾有过字迹但遭人擦去的痕迹。

由此，搜查阵营坚持认为，是受害人在凶手离去后，受到幻觉等要素的影响而写下了语焉不详的死前留言。

5

凑河市中央警署受理了寅二的自首，随即立刻派出包括君原在内的一众警察赶往河南家。幸运的是，案发现场并未被河南家的人搞得一团糟。这多亏了寅二一声不吭地悄悄溜走。

案发现场的对门是一间日式房间，两者之间相隔一条走廊。它原本是龙三夫妇的卧室兼起居室，面积为八个榻榻米大小，警方就在那间房内对河南家的成员及用人们进行问话。

河南家不愧是历史悠久的名门世家，壁龛上方装饰着水墨画挂轴和鲜花，格调高雅，还有目测价值连城的桐木衣橱和茶具柜，墙上则贴了静物水彩画，画技相当不错，估计是龙三女儿的作品。

由于凶手已经自首，搜查阵营很是从容。在对每个人进行仔细问话前，他们先叫来了被害人与凶手的亲属——即河南荣造、阿泷以及悦子三人，请他们说明事情的经过。

他们有一个共同的弱点，那就是在发现龙三的尸体后，别说报警了，就连救护车都没叫。按其说法，当时的场面一看即是自杀，而且死者的身体已经冰凉，即使送去医院也回天乏术。但事实上，肯定是荣造打算动用人脉来隐瞒这件事。

毕竟这是毋庸置疑的凶杀案，况且犯人还是自己的亲生儿子，哪怕是荣造这样的厉害角色想必也大受打击，全程都没有插过嘴，只是呆呆地听别人说话。

“哎呀，说起来，今天是星期日呢，裕见子和佐和子在干什么？她们人呢？”

阿泷突然不分场合地问道。

有传言说她最近开始出现痴呆症状，看样子并不是空穴来风。

“妈，今天是星期五，她俩都上学去了。”

悦子急忙接过话头。

“不对，今天是二十号，星期日，肯定是。”

阿泷依然坚持己见。

“都跟您说不是了，昨天是十九号，十一月的第三个周四，而且您还参加了每月一度的‘周四会议’哦。”

悦子口中的“周四会议”是由龙三支持者中的妇女阵营所召开的例会。听说那些太太会趁例会聚集在一块，只管观赏话剧、享受茶话会；而一旦迎来选举，身为总司令的阿泷便一声令下，让大家以悦子为中心开始全力运作。

悦子从上衣口袋中掏出了一本皮革封面的随身笔记本，将它翻开，给正不安地打量着四周的婆婆过目。

“您看，今天是十一月二十日星期五哦，这下您清楚了吧？不过真抱歉，我这就去联络校方，给裕见子和佐和子申请早退。都是因为我受惊过度，完全把这事给忘了。”

她在问话中途向荣造老两口道了歉，说完便一路小跑到走廊上，估计是要去打电话。

大户人家的媳妇看来并不好当。自己赖以立足的丈夫去世了，今后她在这个家里又会处于何种地位呢？君原忍不住对她动了恻隐之心。

“龙三先生已经不在了，您对继承人一事有什么打算？”

他不假思索，冲口而出，不过这确实是个与犯罪动机相关的问题。

“老夫有孙子。”

荣造自言自语道，声音小得好不容易才能听清。

如果是平日里的他，根本不会把区区警察（尤其是君原这样的年轻警察）当回事，但如今的他是杀人犯的父亲，自高自大的架子已经统统不见了。

将通过问话得来的信息汇总之后，警方得知：从龙三的尸体被发现起，一直到凑河市中央警署的巡逻车赶到为止，这一家子的行动基本上符合搜查阵营的猜想。

最开始，全家人都听到了悦子那裂帛般的悲鸣声；而后，头一个赶到别屋的是两名住家保姆中较为年长的富里喜代。当时的河南家雇用了四名保姆，其中两人不住家，而富里已经在这里连续干了三十五年，因此就相当于保姆们的组长。不难想象，她对荣造夫妇俩的忠诚是无人能比的。

“当我赶到时，少爷的书房门关得好好的，我问里面出什么事了，少夫人回答说没事，不过我还是犹豫该不该离开。这时，她又接着说：‘喜代婆婆，麻烦你去向老爷和老夫人传个话，告诉他们我这有急事，请二老尽快过来。’于是，我便立即去找正在主宅的饭厅里用早餐的老爷夫妇俩。

“但二位也正好听到了少夫人的叫声，正在往别屋走呢……当时，老爷的秘书木村还有其他用人都已经聚在了那里，但少夫人只是从书房里探出头来，请老爷和老夫人进去，并让其他人全体退下。既然少夫人下了令，我们就离开了别屋。之后的事我一概不知。”

总之，富里一步都没有踏入过龙三的书房，所以也没有看到任何东西。对她而言，少爷已经死在书房里的事实是根本不可想象的。

既然这些人都一口咬定毫不知情，那么无论是多么老练的刑警都只能认输。这大概就是主仆间的深刻信赖吧！

书房里，儿子龙三已经面目全非，身为父母的荣造夫妇则面面相觑。但他们并未在此地久留，而是迅速回到了主宅，把悦子和秘书木村叫来，一起窝进了荣造的起居室。

继荣一之后，居然又有一个继承家业的儿子自杀了！此事决不能被公之于世。或许是没人注意到家中的另一个儿子——寅二已经不见了踪影，结果直到警车开到门前那一刻，他们仍在拼命商议着对策。

6

“荣造老夫妇对龙三先生的死前留言发表了什么看法？”

树来提问道。

“他们二位也的的确确没看懂那句话的含义。”

君原回答说。

“他们起先和悦子一样，觉得那是在暗示龙三死于自杀，可当他们得知那是他杀后，便勉强站在了搜查阵营这边，认为龙三因意识模糊而产生幻觉，最终写下了那些字。”

闻言，树来没有反应，只是一声不吭地低下头去，若有所思。

从他的性格来看，应该是对爷爷没能给出清晰的答案感到不满，可是所谓“搜查工作”和解数学题的原理并不相同。人们必须理解：这个世界上就是有很多无法说明的现象。

“那么，寅二先生被判了什么罪？”

树来突然抬起头，向君原发问。

“有期徒刑六年。”

“嗯……就杀人犯而言，这算轻的还是算重的？”

“唉，算轻的吧。”

君原仿佛在眺望遥远的景色。

“因为这不是计划周密的犯罪，他也没有前科，再加上自首获得的减刑，所以……”

审判时，河南家委托的律师团拼了命为他辩护，连受害人的妻子悦子都作为辩方的情状证人[1]出庭，表达了希望对被告人采取宽大处理的强烈意愿。

“说真的，根据搜查阶段就已明确的事实显示，龙三当时处于抑郁状态。因此，据说荣造夫妇甚至打算收养寅二的儿子阿实、阿清作为养子。这很可能是偏爱次子寅二的阿泷的提议。”

“啊！还能把孙儿收为养子？”

1　情状证人是日本司法体系中的一项概念，属于辩方证人，一般由被告人的妻子、丈夫或父母出庭作证，表明被告人本质不坏，犯罪属于偶然情况等，有时也会由被告人的上司充当情状证人。——译者注树来当然会觉得这是天方夜谭。

“嗯，从法律角度来说，这是可行的。”

君原说明道，

“至于为什么要特意收养孙儿呢？那是因为按荣造的计划，万一龙三有个三长两短，那么便由养子阿实或阿清来继承河南家的家业，而非寅二和两个孙女。毕竟寅二荒唐到让他断绝父子关系，而裕见子与佐和子都是女性，没法打入政界。”

“这可太过分了，孙女和孙儿是一样的呀！”

树来还是个孩子，所以坚定地认为男女平等。

“当时虽然已是战后，可男女受到区别对待还是寻常事。只不过因为这桩案子，荣造收养孙儿的计划便告吹了，结果河南家决定给裕见子招个上门女婿来继承家业。尽管阿实和阿清没有任何责任，但作为杀人犯的儿子，也不可能加入河南家。真可怜啊。他们好像直到最后都没能踏进爷爷家的门槛。”

“这样啊……”

树来思考了起来。

不管怎么说，那些被大人们出于一己之私而当作棋子摆弄的孩子都饱受了池鱼之殃。

“对悦子来说，既然自己生下的孩子已经被指定成为家业的继承人，那么为寅二减刑而请愿简直就是小事一桩了吧。

“然而，以这桩案子为分水岭，河南家在那之后便迅速没落，支持者也全都离开了他们。再之后，龙三生前的秘书和裕见子结婚入赘，却依旧没能登上政坛。”

说着说着，君原开始自我反省，心想着对一个小孩子说了太多带有势利色彩的话。就因为树来的反应过于沉稳，他不知不觉便忘了孙儿还只是个小学生。

“我不喜欢那些‘被诅咒的家族’‘邪物作祟’之类的说法，可还是觉得那片白墙上的血字无疑象征着河南家是‘被诅咒’了。先不论那句话作为死前留言究竟有何种意义，它都确实是砸坏了宝贵盆栽又上吊自尽的女佣静枝的怨念呢。”

当时的景象再次于君原的脑海中复苏：雪白的墙壁被血字弄花了，龙三右手食指的指甲缝里渗入了暗红色的血液，而他那惨白的左手正紧紧地握着刺入胸膛的裁纸刀……

“犯人就是我。”

写下那行血字的瞬间，龙三心里到底在想什么呢？

君原不知何时便陷入了追忆中。

“其实我不这么认为……”

就在这时，仍低眉垂眼的树来开始喃喃自语。

7

“爷爷，我在想，写在墙上的那行字，大概是龙三先生死亡留言的后半句话。”

树来慢慢地说道。

“后半句？”

“是呀，所以才让人看不懂。”

这到底是怎么回事？

君原震惊了。

“那——前半句呢？”

他不自觉抬高了音量。

“被扔了。”

树来果断地答道。

“被扔了？”

君原无法理解孙儿的话。

“但那行血字是直接写在墙上的，虽然还有一本日历挂着，可上面什么都没有，包括被它挡住的那块墙体也没沾到一滴血。我亲自检查过，所以绝对不会弄错的。”

君原仍旧主张自己的观点。

树来却抬起了头，用坚定的目光凝视着君原，说道：

“爷爷，我问您，在案发之后，警方在别屋的房间里对着荣造老夫妇和悦子太太说明案情的那阵子，阿泷老夫人说过话对吧？您回忆一下，她问悦子太太：‘哎呀，说起来，今天是星期日呢，裕见子和佐和子在干什么？她们人呢？’可老夫人为什么会把当天是星期几给搞错？”

“谁知道呢，大概是因为她有些老年痴呆吧。”

“但她清楚地记得那天是十一月二十日，只是弄错了星期几。即使被悦子太太指出了，她也毫不退缩，还说‘不对，今天是二十号，星期日，肯定是’，对吗？”

“嗯，确实如此。”

君原依然没弄明白树来话里的意思。

“为什么阿泷老夫人能如此自信地断言那天是二十日，星期日？为什么她还打量着四周？又为什么悦子太太要从上衣里掏出随身笔记本给她看？我想，可以解释这一切的答案只有一个。”

树来的语气非常沉着。

莫非这孩子从刚才起就一直思考着那句死前留言的含义？

君原想起了孙儿方才的沉默。

“您在案发现场看到的是挂历的最后一页，上面印着十一月和十二月的日期是吗？”

“对，那是凑河信用合作社在昭和四十五年（1970）出品的，我当时看着它，心想今年又快要结束了。”

“那么，它真的是从一开始就挂在那里的吗？”

“你是说，它原本被挂在更高的位置？”

君原的问题非常憨直。

“不是这个意思啦。”

树来笑了出来，随后接着说道：

“龙三夫妇的卧室兼起居室里没有挂历，没错吧？阿泷老夫人四处打量，似乎也没能找到它。不过要是墙上有挂历，悦子太太应该就不必把随身笔记本拿出来了。当然，起居室里不备挂历也说不上古怪，只是通常都会挂上一本吧？”

君原松了一口气。

被树来这么一提，那间日式房间里确实没有挂历。

“我觉得哦，那本凑河信用合作社的挂历之前一直都在龙三夫妇的卧室兼起居室里，直到龙三先生的尸体被发现时才转移了阵地。而龙三先生暂居的书房中，也就是案发现场，原本肯定挂着一本每页只印有一个月的挂历。”

原来如此……

君原终于理解了孙儿的话。

说到这里，他也已经明白了。

“案发现场原有的挂历上，就写着死亡留言的前半句话吧？”

君原的说话声宛如呻吟，而树来则露出了微笑，看起来相当高兴。

当时龙三的胸口被裁纸刀刺中，仰面平躺在床上，他要是想用右手在左侧的墙壁上留下血书，那么伸手可及的范围其实相当有限，不是墙壁就是挂历，根本没有选择的余地。

“正是。而且对尸体的第一发现者悦子太太来说，那份死前留言很不妙。在下意识地发出尖叫之后，她注意到墙上有血字，便趁着主宅的人们赶来之前，急匆匆地撕下了属于‘十一月’的那页挂历。”

所谓“月历”，即是每页显示一个月份的挂壁式挂历。使用时，它会被翻开，呈上下两页，使用者便用图钉把上页部分固定在墙面上。而大部分月历的上页部分（即图案页）都印着风景照或画作，下页部分（即日期页）则印有具体的日期内容，且它背面就是照片或画作。因此每当月历翻过一页，上一张日期页背面的图案便充着当下一张日期页上方的配图。如果十一月的日期页被撕去，那么该月历上页部分的配图还属于十一月，只有下方的日期页显示着十二月。

“鉴于挂历会挡住阳光，它背后的那一小块墙体颜色和周围不同。如此一来，若是把整本挂历都拿走，就会被人发现那里原本挂着东西；而只撕去一页纸的话，将它折成小块放进口袋即可。”

“于是阿泷进入龙三的书房之后，看到墙上的挂历，没注意到日期页在十二月，便以为那天是二十日星期日……”

“就是这样。既然十一月有三十天，那么十二月二十日所对应的星期数，一定比十一月二十日对应的星期五晚两天。”

君原觉得浑身的力气都被抽干了。事情竟是如此简单，可自己当年为什么就没有想到这种可能性呢？真是输得一败涂地。况且败北的还不是现已退休的自己，而是曾经的自己。换言之，一名年富力强的刑警，就这样败给了一个小学生！

“悦子把赶来的人群全都劝了回去，趁着荣造夫妇还未抵达书房，赶紧处理了墙上的挂历，随后把自己房中的凑河信用合作社的挂历拿来作为替代品。她有充分的时间完成这一切。接着，为了补上自己房内墙上的空位，她又迅速在原处贴上了女儿画的水彩画。大概是急急忙忙从女儿们的房间里取出来的吧。”

君原口中喃喃有词，树来则明快地继续道：

“爷爷您说对了。好了，接下来终于要进入正题了。那段死前留言的前半句到底是什么呢？”

树来的眼睛闪闪发亮。

“你已经有答案了，不是吗？”

君原平静地答道。

8

“按我的想法，龙三先生的死前留言其实是——‘盆栽事件的犯人就是我’。”

说完，树来抬眼打量着君原的表情。

“原来如此……确实，一定是这样没错。”

爷爷的反应似乎让树来很高兴，笑容在他脸上绽开。

“是吧？所以悦子太太无论如何都要在荣造老夫妇过来之前把前半句话给藏好。”

丈夫龙三突然身亡，河南家的继承人问题即刻便会被摆到台面上来。和只生下了女儿的自己相比，有两个儿子的寅二明显更有优势。她本就已经处于不利地位，假如再被荣造老先生得知那起‘盆栽事件’的始作俑者其实是幼年时代的龙三，她和女儿们的处境又将如何呢？

“如果静枝的死是龙三导致的，那么荣造八成不会原谅他。毕竟静枝若不自杀，继承人荣一或许也不会卧轨。因此荣造很可能把一腔怒火都发泄到龙三的两个女儿身上。”

“静枝小姐代替忙碌的阿泷老夫人照顾龙三先生，他想必是把静枝小姐看得比自己的母亲更重要。他无法容忍以荣造老先生为首的大人们践踏了静枝小姐的幸福，在愤怒的驱使之下，他毁了荣造老先生最宝贝的盆栽‘曙光’。而静枝小姐深深感受到了龙三先生的心意，肯定很高兴吧。毕竟她遭到了男友荣一先生的背叛，原本已经把河南家的人都视作敌人。可正因如此，她才会决定以死来保护龙三先生。”

这样的故事在那个时代大概并不罕见，可还是令人不愿提起。君原唯有叹息。

“可是，‘盆栽事件’也许始终折磨着龙三，他之所以会患上心病，尽管有健康状况不佳的成分在，但对静枝的愧疚也给他的良心造成了沉重的负担，不是吗？我觉得他写下那句死前留言，其实是打算在人生的最后时刻卸下自己心头的重担。”

一想到龙三的心境，君原便感到胸中一阵痛楚。虽然他并没有替人心痛的立场。

即使龙三很清楚，真相会损害自己遗孀的利益，也依然认为必须在死前坦白自己的罪过吗……

君原陷入了伤感之中，可是他的哀思却一下子就被树来打破了。

“那条死前留言可未必是龙三先生写下的哦。而且按我的想法，那还真不是他的手笔。”

眼见爷爷无言以对，树来便继续讲起了自己的推理：

“您觉得那句死前留言对谁最有好处？不管怎么想，答案都是阿实和阿清对吧？”

话是这么说没错……

“那么就应该考虑，它是由深爱着阿实和阿清的人写下的，不是吗？我试着站在寅二先生的角度去看待整桩案子，便能够理解他的行为了。

“他已经和家里断绝关系多年，父子间好不容易才和解了，甚至还谈到了要收养阿实和阿清。可这时却发生了意料之外的事件——他杀了龙三先生。等他清醒过来，即使后悔也都是马后炮了。在这种当口，您觉得一位父亲会盘算些什么呢？事已至此，逃是肯定逃不掉了，只能认罪受罚，但至少要让自己的儿子们过得幸福。于是，他想出了一个能让儿子们继承河南家的好法子。”

随着树来的讲述，君原也醒悟了过来。

确实。自己完全大意了。

人类始终都围绕着自己的利益而行动。对于因私利而导致的案件，搜查人员已经经历得不想再经历了。

“树来，你说得对，那些血字肯定是寅二捏着龙三的手指写下的，这样一来，就仿佛是龙三在交代自己的罪状。”

君原咬着牙说出了这番话，树来也默默地点了点头，表示赞同。

“对荣造而言，继承了自己血脉的孙辈只有四人。其中两人的父亲寅二杀死了龙三，另两人的父亲龙三则毁掉了自己视作命根子的宝贝盆栽，还由此导致了静枝和荣一的死亡。要是他看到了完整的死前留言，那么究竟会选择哪个孩子作为继承人呢？当然，这只有他本人才知道就是了。”

君原的声音很小。

荣造是这般执着于自己的血脉，结果却被这血脉给予了沉重的反击，到头来一切终究是空。

“爷爷啊，真相到底是怎么一回事呢？既然那些死前留言其实是寅二先生写的，那么‘盆栽事件’的始作俑者真的是龙三先生吗？还是说，寅二先生想嫁祸给弟弟？爷爷您怎么想？”

树来似乎乐在推理之中。

在他这个老人看来，孙儿那明亮直率的双目真是十分耀眼。

“我不知道。”

君原老老实实地投降了。

“我也不知道哦。”

树来微微一笑，接着说道：

“不过，我想要去相信那是龙三先生干的。不然的话，静枝小姐就太可怜了。”

听到孙儿的话，君原打心底里觉得这孩子实在是太招人疼了。

虽说愚人才执着于血脉，可在君原眼里，树来就是自己血脉的延续，是无可替代的宝贝。

或许血确实浓于水。

他在心中默念道。

“我去泡一壶焙茶吧。”

说完，他便缓缓地站起身来。

交换杀人意如何

“你也知道，‘交换杀人’之中存在着一条法则，那便是共犯之间需要尽量避免相互接触。如此一来，比起由共犯本人来联络彼此，让与案件毫无关系的第三方代为交涉，就能降低合作曝光的风险。”

摘自法月纶太郎　著　《寻找国王》（讲谈社出版）

1

“爷爷，您在当警察的时候，遇到过‘交换杀人案’吗？”

君原刚喝完纸杯里的热咖啡，树来就看准了这一时机，两眼放光，趁势提问道。

这下子，又到了“退休刑警谈往昔”的环节。

这是他们爷孙之间的“老规矩”。

时下，一月份已经过了一半，一年中最为寒冷的时刻来临了。

君原家有个巴掌大的院子，里头种了一些树。它们那细瘦的树枝光秃秃的，被寒风刮得惨不忍睹，可他的内心却毫无寒意——不，反倒该说，他此刻相当得劲儿，完全就像是沐浴着春日暖阳的新木一般。

爷孙俩这会儿又在一起过周末。晚上，君原先领着孙儿树来去车站前的回转寿司店美美地吃了一顿，之后又带了甜甜圈回家慢慢享用。其实他靠退休金过活，奉行“节约第一”的原则，不过偶尔奢侈一下也挺好。而在最棒的晚餐结束后，还有一项更大的快乐正等着他。

“父亲您也变了，在我小时候，别说是甜甜圈了，您就连超市里的冰激凌都没给我买过。”

前阵子，儿子还在电话里对君原如此说道。

这么说来，他的确不曾和儿子单独相处并聊得忘乎所以。

在刑警岗位上时，他是个“工作狂”，公事繁忙，但这也不代表他不疼爱儿子。只不过儿子身为男孩却总是畏畏缩缩的，那凡事消极以待的性格让他感到心焦。以前，他认定了那是因为自己老婆对儿子呵护过度，然而到了现在，无论说什么都只是借口罢了。

树来出生于七月，今年十二岁，上小学六年级，是君原唯一的孙儿。可他和孙儿的交流史绝不算久，反倒是彼此疏远的情况占大多数。而这也象征了君原家的内部问题。

回想起来，自己先前已浪费了太多年岁；但如今，苦涩的懊悔之情却被平静的满足感所包裹。

无论如何，每当树来露出这样的眼神，便说明他此刻正抱着极大的期待。在他这个年纪，本应多学习、多玩耍，之所以一个劲儿地往爷爷家跑，理由即在于，爷爷君原是一名退休警察，而且还是原属于县级警署刑事犯罪部搜查一科的退休刑警。

树来希望成为一名推理小说家，为了做到有备无患，收集素材可是一项重大课题。看着孙儿一个人换乘电车，远道而来，君原便非常想要回应这份热情。不过就算他当过警察，也未必能轻而易举地回想起符合孙儿要求的案例。

“‘交换杀人’啊……我想想……”

君原抱起了胳膊，开始思考，树来则一动不动地紧盯着他。

“交换杀人”是推理小说中的固定模式之一，即怀有杀意之人相互交换自己意欲杀害的目标，随后实施杀人行为。

如此一来，有作案动机的人同时也拥有了不在场证明，而没有不在场证明的人则没有作案动机。由于“没有动机”的案子是最令警方头痛的类型，因而犯案成功率相当高。由此，任谁看来都会觉得这是“巧妙至极”的杀人方法。

但是，为何在现实中鲜少出现这类案例呢？不仅不见诸报端，就连身为警方内部人士的君原都几乎未曾耳闻。

或许有人认为，那是因为“交换杀人”手法的作案成功率高，凶手极少败露自己的罪行，于是该类案件得以隐匿于暗处。可事实上，原因果然在于“‘纸上谈兵’和‘真正的犯罪’不是一回事”。

“我有个案子，虽然不是真正的交换杀人案，不过凶手应该是从‘交换杀人’中得到了启发，所以犯下类似的案件也没什么好奇怪的，而且我们最后没有抓到凶手。这么看来，现实里到底不会发生小说般的故事呢……”

君原的说法如此暧昧也是自然，原因在于他所经历的那桩案子，并不是真正意义上的“交换杀人案”。不，在当事人的概念里，那甚至算不上“杀人”……

“怎样都行啦，您快说嘛。”

或许是被爷爷不干不脆的样子惹恼了，树来开始催促。

“好好，你稍等一下，我正在回忆呢。”

君原闭上眼睛，进入了冥想状态。

说到底，即使有不止一人对他人怀有杀意，“交换杀人”也并非能够轻易实现的犯罪模式。杀人行为的实施者们必须在事前便做好信息的交换工作以及缜密的协商。这时当然就会出现一个问题，那就是有不在场证明的嫌疑人会出现交集点。换言之，他们之间将存在联络。而这是绝对不能被人发觉的。

现在已经进入了数字时代，安保摄像头非常普及，交换杀人的难度自然极高；而即使是在过去，也不得不说秘密联络是一项困难的要求，毕竟隔墙有耳。即使他们计划小心行事，想要避人耳目依然绝非易事。

不过说一千道一万，交换杀人最大的难点还是找到“优质”的“合作伙伴”——即找到可以信赖的共犯。人类并不会轻易想要杀死某人；就算有这种想法，能将之付诸实践的更是十分有限。虽说也有人惦记着“杀人”这一行为本身，但这些家伙的诚意和常识可让人指望不上。

即使双方交涉成功，决心交换杀人，然而在自己鼓足勇气犯罪之后，一旦对方临阵退缩或出现背叛行为可就惨了。若结局仅仅是自己原本的目标毫发无伤倒还好说，可假如只有自己因杀人罪而被处以极刑，那当真让人死不瞑目。

回头想想，那桩案子的凶手着实是了不起的聪明人。

“我到现在还觉得那是一桩奇案。”

君原缓缓地讲述了起来。

2

那已经是距今四分之一个世纪的往事了。君原当时属于C县县警署总部刑事犯罪部搜查一科，接报获知D市一所高校里有两名女生在吃完自己准备的午餐后直接猝死。

那所学校名叫富松女子学园，当时已建校七十年，是一所提供高等教育的综合性女子学校，拥有学生近一千五百人。它在战前便是所谓的“贵族小姐学校”，旨在教导中上阶层家庭的女儿们如何成为贤妻；但到了战后，它又致力于体育教育以及就业指导，再加上公认的漂亮校服，便成了D市内排得上号的“明星学校”。

时值五月中旬，学校即将举办期中考试。在周五的午休时分，A系二年级A班的岐原祥子和A系二年级E班的宫地早苗吃完自己带的午餐之后不久就出现了痛苦的症状，虽被救护车送去了医院，可过了大约两小时就不治身亡。

富松女子学园没有食堂，基于从建校时期延续下来的传统（即培养贤妻良母），校方将学生们的午餐时间规定在了上午第四堂课结束后，且所有学生都必须坐在教室里，按餐前礼仪，念完“我开动了”，方可开始进餐。除了不许吃点心包等买来的餐点外，在课间提前吃饭也是被禁止的。

两名死者虽不同班，然而因为动筷的时间几乎一致，她们都在吃完饭大约二十分钟不到时便出现异样，简直就像是约好了一般。

由于学校的礼仪守则非常严格，不允许学生在用餐途中离席，那些吃得快的学生也得在座位上等到全班同学都放下筷子，接着根据班长的指示一起说出“我用完了”之后方可自由行动。案发当时，大家正寻思着为何会有一名同学按着胸口，却只听对方突然发出呻吟声，随即整个人都陷入了极不寻常的痛苦之中。这番情景无疑在教室中引起了恐慌。

与死者邻座的学生先从两边架着她们，试图带她们去校医务室，可她们本人却流着涎水，口吐胡言，连路都走不了。班长慌了神，跑出去叫老师，然而在此期间，她们又开始呕吐，最终从椅子上滑落下来，甚至在地上打滚，情状非常不妙，连赶来的老师们也束手无策。

这下子，只能报告教务主任并叫救护车了。此外，校方也明确得知，在A系二年级的A班和E班居然在同一时刻出现了完全相同的情况。

接报十分钟后，救护车便抵达了学校，而那两名出事的女生的瞳孔已呈放大状。亲眼看到了如此令人不适的场面，别说学生了，就连普通教师所受的冲击之大也是难以想象的。班主任们当场组织了全校学生进行健康检查，不过没有人表示自己身体有异。

结果，出现异状的只有岐原祥子和宫地早苗两人，这就意味着其原因与教室环境无关。再加上她们在症状发作后都快速殒命，那股突然袭来的强烈痛苦也十分相似，那么不论这桩案子实际上是自杀、他杀，抑或是意外事故，总之一切都很容易让人联想到她们俩服下了某种相同的毒药。

根据警方鉴定，两人均死于一种叫作“乌头[1]”的剧毒，岐原祥子便当中的汉堡肉饼以及宫地早苗便当中的糖醋肉里分别含有该毒素；同时，按解剖的结果，她们俩也确实死于因乌头中毒所导致的心脏停搏。

乌头位列“日本三大有毒植物”之一，以毒性剧烈而闻名。它是一种会自然生长的野草，因此想从当地获取也并不见得有多困难。即使是现在，依然有不少人会将它和山菜搞混并采摘，不幸误食身亡。

然而，两名死者吃下的并不是乌头叶。凶手很可能是对其侧根部分（即“附子”）进行干燥处理后加以研磨，得到粉末，再将之掺入肉饼的酱汁和糖醋汁。这即说明：此次两桩中毒身亡案件，都不是马

1　乌头是毛茛科乌头属草本植物，应用历史悠久，各部分含生物碱，其中主要的剧毒成分是乌头碱，可致人四肢无力、神经紊乱，但同时也具有很高的药用价值。乌头的药用部位是加工后被称为“川乌”的主根部分（可治中风、癫痫等），以及被称为“附子”的侧根部分（可治大汗、水肿、畏寒等）。此外，它也是“日本三大有毒植物”之一，另两种植物是毒芹、毒空木。——译者注

虎大意认错菜叶所导致的，而是有人蓄意为之。

可是问题在于，岐原祥子和宫地早苗吃的都是从自己家里带出来的午餐，由各自的母亲亲手制作。此外，在周围同学的认知范围内，她俩平日里几乎就没有任何往来，更谈不上“挚友”了。

先说岐原祥子。她父亲是在市内开业经营的司法代书人[1]，母亲是全职主妇，她本人则是家中的长女，下面还有一弟一妹；她在学校参加了话剧社团，身兼副社长与会计二职，大家都在议论说她或许能坐上“秋季话剧节”的主角宝座。

她的学习成绩在年级中处于第一梯队，身材苗条修长，五官深邃，仪容姿态也十分出众，据说有很多其他学校的男生对她抱有爱慕之心，但她似乎并没有陷入情感纠纷之中。在家人眼中，亦未见她有巨大的烦恼或做出与平时不一致的言行。

再看看宫地早苗。她的父亲是当地一家企业的员工，母亲是全职主妇（不过每周都会有大约三天时间去附近的医院做临时工），她本人则是独生女，没有兄弟姐妹。

她擅长体育，参加了学校的网球社团，尽管未担任社内职务，却始终在正选阵容中占有一席之地。案发的第二天，有一场地区级别的比赛，社团原本还期待她在女子单打项目上能有活跃的表现。

富松女子学园是县内有名的网球强校之一，社团成员人数众多，

1　司法代书人是受人委托对出具诉状等法律相关文件进行代写代办工作的人。——译者注

必须要有相当的水平才能去参加校外赛事。宫地早苗除了这份实力，还拥有宛如宝冢的反串女演员般锐不可当的英姿，似乎颇受一些低年级学生的仰慕。不过从表面上看，她同样没有被卷入什么麻烦。尤其在“言行如常”这一点上，两人很是一致。再者，宫地早苗和岐原祥子在以前都不是一个学校的，因此实在找不到她们之间的交点。

其实她们俩在同一个系，上同一个年级，按说知道彼此的存在，要是在某处有更进一步的接触也不稀奇。于是警方当然会先尽力对所有相关人员进行问话。

另外，她们吃的便当都是从自己家带来的，外人难以往其中投毒，因此警方会直接考虑两人事先串通一起自杀的可能性。不过也无法否定或许有人同时憎恨着这两名死者，故而实施了蓄意谋杀。

名门女校里居然有人死于非命，而且死者有两人，还几乎是在同一时间丧命的！这桩案子从一开始便被丑闻的疑云和重重的谜团所笼罩着。

3

“也就是说，想要杀死岐原祥子的学生在A系二年级E班，以宫地早苗为目标的学生则在A系二年级A班，于是心怀杀意的两人企图来一出‘交换杀人’对吧？”

树来迅速地推理了起来。

“往别人的便当里下毒很难呢，除非是同一个班上的同学，不然根本没法动手，不是吗？”

他睁圆了眼睛，向君原发问。

“确实。”

君原微微一笑。

事情正如树来推测的那样，警方查明了向两名死者的便当里投毒的凶手，果然就是她们各自的同学。

案发当天，A系二年级A班第一堂课和A系二年级E班的第三堂课都是体育课，而且安排的教学内容是垫上运动，学生们在教室里换完运动服后依次前往体育馆。即是说，在体育课期间，教室里完全没人。是故，只需溜出体育馆，偷偷回到教室，便有机会在死者的便当上动手脚。一旦被人盘问，只要自称忘带东西了就能敷衍过去。因此，在查案工作刚起步时，“凶手是同班同学”的假说就已理所当然般地浮现于搜查阵营的脑海中。

事实上，投毒行为确实发生于体育课中途，但使用的却是警方根本想象不到的奸计。而这也是他们在晚些时候才发现的。

“其实那桩案子并不是单纯的交换杀人，反倒该说是真凶布下的卑鄙的陷阱。最后，尽管我们勘破了真相，可这主要得归功于一场偶然。我们根本没有把问题想得那么复杂。”

君原的语调中掺入了一丝苦涩。前景大好的两条年轻生命被人这样轻易地夺走，这固然令他愤慨，而与此同时，他更是深感警方在与狡猾的凶手的战斗中是何等无力。

或许这份心思也传递给了树来，他正侧耳倾听着君原的话语，表情很是认真。

“能如此简单地找到投毒的犯人简直出乎意料，因为我们对两位死者的便当盒分别做了指纹检测，结果发现除了她们本人和家人，还存在其他人的指纹。而且不止一人。由此可见，犯罪行为的实施者至少有两人以上。”

“凶手连手套都没戴？”

树来一脸难以置信地问道。

“是啊，不过虽说检测出了指纹，但对方没有前科，所以我们也未必能立刻查明她们的身份就是了。而且不具备调查令的话，警方是无法采集普通市民的指纹的。要是在非强制性的任意侦查中采集全班学生的指纹，可是犯了大忌。”

“嗯，确实。”

树来点头表示同意。

“我们非常苦恼。可或许是投毒者得知自己的指纹被检测到了，自认为已经无法逃脱，于是在警方发表调查结果的次日，便由父母陪同前来自首。她是A系二年级E班的学生，也就是宫地早苗的同学。

“她叫作洼井路子，父母都是小学老师，父亲还是教务主任。在案发之后，父亲发现女儿的状态不对，就逼问她到底出了什么事。她因此向父亲坦白说自己对宫地早苗的便当动了手脚。”

“她的动机是什么？”

“她和岐原祥子都是话剧社团的成员，似乎因秋季话剧节的主演归属问题而对岐原祥子抱有敌意。案发那天，社团原计划在放学后进行角色甄选。”

“于是她就向岐原祥子的同学提出了交换杀人计划？”

树来起劲了。

“不，不完全是这样。”

君原慢慢地摇了摇头。

他缓了一口气，因为接下来才是正题。

“按洼井路子的说法，提出计划的是岐原祥子的同学，叫作木田爱莉。而且那也不是‘交换杀人’那么无法无天的计划，只是往两名死者的便当里放些强力的泻药，让她们暂时身体不适即可。这样一来，尽管她想得很简单，可她们的交涉方法却又和一般做法不一样。

“洼井是个朴素老实的学生，而木田为人活泼显眼，两人属于完全相反的类型，所以关系不可能亲密。不仅如此，她俩好像连话都没有说过，彼此间的差异之大就跟她们两人的名字与容貌似的。

“木田爱莉和宫地早苗一样属于网球社团，她的父母经营着一家餐厅。她擅长体育，在原定于案发次日举行的地区大赛中，被选为女子单打项目的候补选手。如果宫地早苗因为健康问题而缺席，她就能代为上场。

“因此，在案发前一天的早上，木田爱莉往洼井路子的室内鞋里放了一封信。”

“信？怎么说？”

话题渐入佳境，树来不禁高兴了起来，连音量都提高了，语声中透出一股兴奋劲儿，微微泛红的脸颊也因为期待而胀得鼓鼓的。

“虽然并非每所学校都有吧，但富松女子学园在教学楼的玄关处设有鞋柜，每一格鞋柜上都贴有学生的名字，大家上学时必须换上室内鞋。但没人会往里放贵重物品，所以柜门上不带锁。

“那天早上，洼井路子来到学校，发现自己的室内鞋里放着一枚小小的白色信封，仔细一看，上面写着‘洼井路子收’，字迹很丑，且没有写信人的名字。打开后，只见是一张写了字的普通白色便笺纸。”

说到这里，君原注意到树来带来的礼物还原封未动地放在起居室的桌上，纸包上的绳子都没解开。那是他爱吃的草加仙贝，大概是儿子的一片心意。

君原仔细地解开绳子，把它团成一团收好，随后取下包装纸，将它展开、翻面，并从笔筒中拿出一支马克笔，写道：

我知道岐原祥子是你的竞争对手，如果你不希望她当选为话剧的主角，那么和我来一场交易如何？

我因为宫地早苗而难以上场参加地区大赛，只要你明天往她的便当里加点料，我就保证我也会对岐原做同样的事。

要加的是效力能持续二十四小时的强泻药，不会危及生命，你可以趁着上午的体育课下手，秘诀是尽量把它加在味道浓郁的小菜或者酱汁里。

要是你下了决心，那么作为暗号，就用美工刀划伤鞋柜的盖子，明天早上我会把泻药放在你的鞋柜里。

绝对不要来和我接触，一旦你这么做了，我们的交易就当场取消。此外，还请你立刻把这张纸处理掉。

君原把信件的内容记得清清楚楚，毕竟当时他反复阅读了无数遍。

他流畅地默写完全文，将它递给树来，只见孙儿全神贯注地盯着它，仿佛生怕漏看了任何一个字。

“看完就能明白，洼井路子根本没想到对方会死。腹泻是很常见的毛病，不会给人造成生命危险。她应该料不到写信人会给她送来毒药。即使事后宫地早苗起了疑心，反正自己没有害人的动机，应该不会被人怀疑。

“总之，写信人的思考方式和交换杀人是一致的，给人下泻药让人腹泻也已经构成正儿八经的‘伤害罪’了，具体罪名大概可以叫作‘交换伤害罪’吧。”

君原继续说明道。

“这封信上没有写信人的名字吗？”

树来依然认真地盯着那张纸看。

“嗯，没写。”

君原用力地点点头，表示道，

“而且为了掩盖真正的笔迹，写信人故意把字写得非常难看，很可能是用非惯用手写的。这种情况下，笔迹鉴定也很难做。但是既和岐原祥子同班，又希望参加地区大赛的网球社团成员倒是只有木田爱莉一个。实际上，洼井路子很快便明白了给她写信的人正是木田。”

“于是洼井就答应了对方吗？”

“嗯……其实吧，据说洼井路子和宫地早苗关系非常亲近。可能是升学经历相近的缘故吧，对洼井路子而言，宫地早苗是班上为数不多的可以轻松对话的朋友。

“因此，洼井说自己也很烦恼。毕竟越是内向的人，心中的情感就越是激烈。结果，她对岐原祥子所抱持的竞争心战胜了和宫地早苗的友情。她按信中指示，用美工刀在鞋柜的盖子上刻下了一道细小却清晰的刻痕。

“第二天一早，她打开鞋柜，发现自己的室内鞋中好像藏有一个小纸包，里面是粉末状的药物。她也横下心来，趁着大家都在体育课上做垫上运动的时候溜出了体育馆。

“不知是幸运还是不幸，她没被人发现并盘问。进入空荡荡的教室之后，她从宫地早苗的书包中摸出便当盒，成功把药粉混入了糖醋肉的酱汁里。其实下毒时，她紧张得双手直抖，不过从她当时留下了很多指纹这一点来看，她肯定不知道那药粉实际上是乌头。”

“那么，当宫地早苗陷入巨大的痛苦时，洼井路子是什么状态？”

树来不由得叫了出来。

他的正义感很强，即使喜欢小说中所写的犯罪，可但凡面对真实的案件，便无法心平气和地去理解犯人们伤害他人的心态。

“八成吓了一大跳吧，当然了，她并没有说泻药是自己下的。”

“太过分了！”

“无论如何，宫地早苗痛苦的样子绝非寻常，所以她似乎觉得那是其他的病症发作了。唉，从她的角度来看，会这么想倒也有几分道理。

“正因此，当她得知宫地的死讯，且岐原祥子也同样离世之后，真的大受震惊。她被迫意识到自己受了木田爱莉的欺骗，无意中参与了一项杀人计划。

“从这一层意义上来说，她也算得上是受害者。可她却没有如实交代的勇气。哪怕没有杀意，但试图伤害朋友却是事实，于是她一直独自苦恼着，直到向父母坦白一切。”

“后来的角色甄选活动又怎样了？”

“当然中止了。不仅如此，因为这桩案子，校方直接关停了秋季话剧节的报名通道。”

“网球地区大赛呢？”

“教育工作者对这类丑闻相当敏感，所以不光是网球社团，连富松女子学园的其余运动类社团都不能再参加那一年的所有外部比赛了。”

“原来如此……”

树来失落地垂下了头。

学校内部出了祸事，全体在校学生都会受到牵连，不论他们是否与案件有关。这个社会历来如此，可学生却总是把事想得太过简单，比如木田爱莉，也许她直到无法参加地区大赛时，才意识到了这一点。

“洼井路子也是，她说在案发之后，就把话剧节抛诸脑后了，想着要找木田爱莉谈判。正在她不知所措的时候，又得知警方从死者们的便当盒上检测出了指纹，便终于下定了决心。

“幸亏她并没有把那封信处理掉，因为她心想着，万一出事了，它也能证明自己是被人找上门的一方。拜她所赐，我们得到了重要的物证，然而之后才是问题所在。”

君原重重叹了一口气。

他回想着案件详情，曾经身为搜查人员的种种烦恼亦随之苏醒。当年真的没有其他办法了吗？那种后悔的心情，无论经历多少年岁也是无法消解的。

事实上，虽说自打洼井路子自首起，案件便开始往得以解决的方向发展了，可事态却越发混乱。

4

当时，搜查阵营很快得出了结论。他们认为凶手是木田爱莉，她想置竞争对手宫地早苗于死地，就隐藏了自己的杀意，找上洼井路子，提出了交换伤人的计划。

而且她想杀的不仅是宫地早苗，连与自己不存在利害关系的岐原祥子都被她当成了下毒的对象。这无疑是为了把洼井路子拖下水。如此一来，即使有个好歹，对方也无法自首。

不过，强行认定别人有罪是断案的大忌。木田爱莉也许并不想杀人，只不过是把乌头的粉末误认成了泻药。警方无法否定这种情况。毕竟她也若无其事地在便当盒上留下了指纹。可见她没有杀心的可能性反倒更大。因此当然会有人提出应该更加谨慎判断。

无论如何，搜查阵营先一鼓作气找到了木田爱莉，但在看到她出示的便签后，却集体陷入了愕然。

“我知道宫地早苗是你的竞争对手，如果你不希望她上场参加地区大赛，那么和我来一场交易如何?

“我因为岐原祥子而难以出演话剧节的主角，只要你明天往她的便当里加点料，我就保证我也会对宫地做同样的事。

“要加的是效力能持续二十四小时的强泻药，不会危及生命，你可以趁着上午的体育课下手，秘诀是尽量把它加在味道浓郁的小菜或者酱汁里。

“要是你下了决心，那么作为暗号，就用马克笔画花鞋柜的盖子，明天早上我会把泻药放在你的鞋柜里。

“绝对不要来和我接触，一旦你这么做了，我们的交易就当场取消。此外，还请你立刻把这张纸处理掉。”

用纸是每家文具店都有售的白色便笺纸，字迹同样丑陋，写信人同样没有署名，洼井路子从“木田爱莉”那里收到的来信简直和木田爱莉手里这封一模一样，但内容正好相反。

接着，木田爱莉的解释又几乎就是洼井路子的翻版，连细节都完全一致。

案发前一天的早上，她来到学校，发现自己的室内鞋里放着一枚小小的白色信封，仔细一看，上面写着“木田爱莉收”，且没有写信人的名字。打开后，只见是一张便笺纸。尽管她并不恨岐原祥子，但她对宫地早苗所抱持的竞争心还是占了上风，于是用马克笔在鞋柜的盖子上画下了一道细小的痕迹。第二天一早，她打开自己的鞋柜，发现自己的室内鞋中藏有一个小纸包，里面是粉末状的药物。

要说两者有什么不同，那就是表示交易成立的标识分别是美工刀的割痕和马克笔的污迹。但这当然是因为真凶抱着警惕，防止犯罪的“执行者”们万一去侦察对方的鞋柜，发现上面留有同样的痕迹，从而心生疑窦。

木田爱莉表示自己也很快就明白了“写信人”是洼井路子。A系二年级E班的话剧社团成员只有她一人，根本没有多想的余地。

和洼井路子不同，木田爱莉不是那种优柔寡断、思虑深重的性格，一旦下定决心，即能凭借天生的胆量奋勇实践。

A系二年级A班的第一堂课就是体育课，她故意踩着点进入教室，又慢吞吞地换上运动服，当看到全班同学都出发去体育馆之后，才在没人的教室里不紧不慢地动了手。

当然了，她没有杀意。根据班上同学和社团成员的证词，她确实没什么脑子，又好强又武断，不过为人并不阴险。而且她和岐原祥子几乎没有接触，自然也就没有摩擦。目睹了岐原祥子吃下便当后的痛苦模样，她整个人都愣住了。

而在得知岐原祥子和宫地早苗都死在医院时，她发出了惨叫，随即放声大哭，不过女高中生毕竟多愁善感，再加上还有许多同学也都陷入了恐慌之中，因此没人觉得她的反应十分可疑。

尽管她和洼井路子一样，好好保存着那封来信，以防万一，然而当她获知警方从便当盒上检测出指纹之后，却依然不知道自己该做什么。她的父母忙于工作，她也想不到要主动坦白一切，只是一味恐惧着，不知道警察何时会找上门来。

事已至此，警方必须从根本上重新思考整桩案子。这绝不是一场恶劣的玩笑那么简单。

有犯罪机会的人没有犯罪动机，而有犯罪动机的人没有犯罪机会。有人巧妙地利用了这一点，以交换伤人为诱饵操控了两名女学生，在自己无须冒险的情况下杀了人。

搜查工作完全回到了原点，仿佛嘲笑着搜查阵营的天真。

5

“也就是说，无论真凶是谁，总之是个对岐原祥子和宫地早苗都抱有杀意的人，对吧？”

这时候，一直认真倾听的树来插了话，

“而且真凶也知道洼井路子和木田爱莉分别对两位死者抱有敌对意识，还对话剧社团与网球社团的内部情况、两个班级的排课时间都了如指掌。其实仅从真凶能轻易接近鞋柜这一点来看，即可确定此人是学校内部人员。”

他大概是想确认真凶所具备的条件，越说越来劲。

“的确是这么回事。”

君原点头表示赞同。

他知道案件的结论，所以语气当然一派悠然。

“毕竟真凶给了洼井路子和木田爱莉乌头粉末，先不论动机如何，我们都不能否定此人有心杀人。

“而真凶的狡猾之处就在于，巧妙地戳中了她们的竞争心和虚荣心，而且她们两人都认为交换伤人的计划是由对方先提出的，这样一来，两人对犯罪行为的防御心便被卸下了。可以说，真凶的头脑相当聪明。”

以毒药为诱饵，引诱了两个少女，把她们当作自己的杀人工具来利用，真是最为卑劣的手法！反倒是两位双手沾血的杀人者可以获得原谅。

想到这里，君原觉得当年的怒意再一次在心中沸腾。

“‘交换杀人’有一项铁则，即决不能让外人知道共犯之间存在接触。交换伤人也是一样。尽管手机和短信息在当年还没有普及，但共犯们还是必须极力避免相互联络。即使他们不是推理小说粉丝，只要稍微动动脑子，就能想到这一层。

“这桩案子的真凶把这一手玩得特别漂亮。万一洼井路子和木田爱莉直接接触，便会意识到自己被神秘的写信人（即身份不明的第三人）所操控了；而要求她们将表示同意的标记做在鞋柜的盖子上，也是为了不让她们直接回信。结果她俩都觉得对方骗了自己，这正是真凶所期待的。再者就是，真凶认为她们在意识到自己杀死了同学的情况下，绝不会去自首。

“但问题出在‘她俩都毫无戒心地留下了指纹’一事上。洼井路子的心态因此大变，她父母留心到女儿的异样，便追问着叫她坦白一切。而对真凶来说，这就是其致命伤。”

“既然如此，为什么没能抓到真凶呢？”

面对孙儿的提问，君原无力地摇了摇头，答道：

“我们对真凶是谁其实心里有数，可是没有证据。”

他清楚地回想起了侦办该案时所承受的焦躁感和挫折感，轻轻叹了一口气。

“可警方已经锁定嫌疑目标了对吧？”

树来的声音很是温和，他正以一个孩子的方式表现着自己对爷爷的关心。

君原也回应了一个柔和的微笑。

“我们检查了真凶放在鞋柜里的信，上面仅有收信的女学生的指纹，因此并没有物证。不过基本可以圈定嫌疑人的范围——对方无疑是学校内部人士。接下来，只需去找有动机的人，便自然能对嫌疑对象进行过滤。”

“不能从乌头的获取途径开始调查吗？”

“我们当然也试着去查了，然而这个案子比较特殊，对校内任何人而言，只要动了心思，即可把它弄到手。

“乌头原本就是遍布日本各地的野生草本植物，属于毛茛科，能存活两年以上，会开紫色、白色、黄色或粉色的花。根据具体植株品种不同，乌头的毒性存在着差异，但它自古以来即是一味有名的剧毒，古人会把它用在制作毒箭上，连《四谷怪谈》中那个有名的阿岩姑娘，相传也是被迫服下乌头而身亡的。不过它亦作为一味草药而得到了广泛应用。因此和兴奋剂、麻药不同，即使善良的普通市民手里有乌头，也没什么好奇怪的。”

“咦？原来如此。”

“嗯，毕竟‘毒就是药，药就是毒’嘛。当然了，要用到‘乌头’这味药材时，据说得先把它加热，从而减轻毒性，但归根到底，是毒是药还是取决于人的使用方法。

“然而，据称富松女子学园的创始人富松初惠来自D市的一个名门望族，是一位极为优秀的女性。再者，在D市的土地上，不仅有乌头，还能采到各种药草，因此她既是教育家，同时也是草药研究家。

“富松女子学园校内设置了一个资料馆，旨在纪念首任校长——富松初惠女士。馆内陈列了各种草药，其中也有‘附子’，即经过加工处理的乌头侧根部。”

“真凶用的就是那个‘乌头侧根’？可摆在资料馆里的东西，能这么容易被人偷走吗？”

也难怪树来会觉得可疑。

那个资料馆是一栋平房，静静地伫立于校园的一角，在工作日的白天时分，任谁都能自由出入并参观学习，夜间和休息日则当然是锁上的。

那些草药藏品就被保存在馆内的玻璃瓶里，每只瓶子上都贴有对应的草药信息标签。陈列柜也都牢牢上着锁，参观者无法亲手触摸到展品。

尽管安保措施看似周全，但经查证，却发现它实际上存在着巨大的漏洞。

“资料馆是这所学校的骄傲。学校的全体学生每天都会按一定的值日顺序前去打扫。据说轮到值日的学生会以五人为一组，在上课前花上三十分钟，用干布仔细地擦拭馆内，直到把地板擦得锃亮，把玻璃展柜擦得一尘不染。”

打扫资料馆的值日工作似乎是当时富松女子学园的著名项目，就连学校的宣传册上都登载着学生们趴在地上擦拭地板的照片。

“哇，我可不想干这种活。”

树来直言不讳。

“嗯，现在的孩子都这样。”

君原一句话带过了。

即使是在礼仪严谨的女子学校，这也是很久之前的规矩了。后来时代飞速变化，君原已经无法想象富松女子学园的现状。

“那个资料馆入口处的钥匙和陈列柜的钥匙都由教务主任统一保管，只不过学生们想要去拿钥匙或者还钥匙时，并不一定要趁着教务主任在办公室时才行。因为钥匙就挂在教务主任办公桌后的墙壁上。

“虽说这保管方式挺不用心的，可即便是对相关人士而言非常珍贵的资料，也未必具备金钱上的价值。换言之，很可能是学校内部有人利用那些钥匙偷出了乌头。”

“学生们不是每天都会打扫资料馆吗？应该很快就会有人发现展品被盗走了啊。”

树来再次提问道。然而，这个问题同样已有答案。

“‘附子’这味药材，撑死了只有指尖大小，而且玻璃瓶里存放了好几根，就算少了一些也不会引人注意。”

“原来是这么回事。”

“毕竟真凶是把经过干燥处理的‘附子’磨成粉末使用的。”

“那么，真凶肯定就是用这种方法弄到乌头的。但动机呢？”

“嗯，这个嘛……”

接下来就是问题的关键部分了。君原不由得换上了另一副口气。

6

岐原祥子在A系二年级A班，是话剧社团的成员；宫地早苗在A系二年级E班，是网球社团的成员。警方认为真凶与这两人都存在某种关联，可问了一圈，却没有发现符合条件的学生。

在调查过程中，警方注意的其实并非学生，而是国语老师泽龙平（时年三十三岁）。他是专门负责A系二年级E班的雇员兼话剧社团顾问，和两名死者都走得很近。

泽龙平是一位相当出色的男性，肤色健康一如运动员，身材也高挑，同时还拥有文学青年般的阴郁气质。撇除他已经结婚且有一个孩子的事实，这样的帅哥很容易受到女生的欢迎。

不知他本人是否清楚警察的心思，但他语带颤抖地控诉道：

“凶手做出了如此卑劣的行为，我绝对不会原谅！如果不尽快抓住那混账，不知道还会发生什么！学生们很不安，我们也没法定下心来上课！”

“您对那两名学生被害一事有什么头绪吗？”

君原问道，可泽龙平却涨红了脸，强硬地回答说：

“没有！岐原是个认真的好学生，宫地一心只有网球。”

说白了，老师当然不可能制订计划毒杀自己的学生，所以搜查阵营最初并没有怀疑到他的头上，而找上他的契机其实很单纯——在调查到岐原祥子的日记时，警方发现其中记述了她对话剧部的顾问老师——泽龙平抱有好感。尽管她没有对家人提起过此事。

根据她的日记，她和泽龙平在案发的两个月前走得越来越近。于是警方迅速开展了搜证工作，结果查明了他们二人曾在市内的咖啡店和铁板什锦烧店里单独见过面。

但岐原祥子和泽龙平的行为无疑非常谨慎，就连话剧社团内部都没有关于他们的传言。

“我不知道岐原是如何看待我的，可我只把她当成普通学生。她是话剧社团的王牌，只有她具备担任秋季话剧节主演的资质。然而，这所学校里全都是女孩子，因此她还是受到了各种中伤和厌恶。她本人十分苦恼，所以我是去说服她不要在意周围，好好参加主角甄选活动的。”

泽龙平辩解道。只不过这套说辞并不能让人接受。

本来富松女子学园的校规就禁止老师和学生在校园外单独见面，光凭这一点已经足够对泽龙平下处分了。可难办就难办在警方无法硬说泽龙平在撒谎。因为没有任何证据可以证明他们除了在校外见面，是否存在更进一步的行为。

另一方面，宫地早苗虽不写日记，却还是留下了一枚更为强力的“炸弹”。这对搜查阵营来说，确实是一次堪称“侥幸”的偶然，但也可以说，正是在这次“侥幸”之后，警方才得以确信，泽龙平就是真凶。

那是在案发十天之后发生的事。当地的报社碰巧收到一通匿名告密电话，这令搜查工作有了很大进展。电话内容是：居住在D市的前妇产科医生白木守（时年四十九岁）于自己家中私自给不方便去医院的人做手术，赚取不法收入。

于是记者火速展开了调查，发现确有其事。白木守原本自主经营医院，四年前，他因未经女性许可便为其实施手术而获判有罪，同时被吊销了行医执照，之后他好像就在暗中继续行医。

有很多女性是意外怀孕，但不想生育，却出于各种理由而无法通过正规途径解决问题。白木就是这类女性的“救世主”，获得了良好的口碑，所以这次告密的也是年轻女性。

根据调查结果，警方得知白木不会漫天要价。他不做周密检查，而是简简单单地动一个当天即可离院的手术。毕竟他不需要投资购买设备，又没有人工费开支，当然也不缴税，所以生意确实很好。他本人则经常开着外国车到处兜风。综上，那份告密中或许带有嫉妒的成分。

最终，名为搜查的“手术刀”切了进来，白木自作自受被逮捕。可他家的病历卡中却出现了“宫地早苗”的名字。事态自此出现了巨大变化。

其实那些病历卡不过徒具其名，本质上都是黑诊所的内部文件，里头没有详细的就诊记录，倒是更接近于客户名单。据它显示，宫地早苗的手术时间是在案发大约三个月前。

“宫地怎么可能出这种事？她看起来不像是会和男生鬼混的类型对吧？我作为班主任真是太大意了！不过，警方若是怀疑我，那么我要说，她的对象绝对不是我。”

君原把手术病历卡上有宫地早苗的记录一事告诉给了泽龙平，对方滔滔不绝地回了话。

不过与这番“豪言壮语”相反，他那狼狈的模样可不寻常。搜查阵营越发相信这便是他心里有鬼的证据。

于是，他们调整了调查方向，尝试从他的妻子那里了解情况。结果，夫妻到底是夫妻，她似乎已经隐约察觉到丈夫的不忠行为。

“果然是这么回事呀。”

泽龙平的妻子泽秀子听完君原的话，仿佛想起了什么似的，随后无力地垂下了肩膀。她本身是一名兼职的高中老师，脸上还残存着和丈夫相似的文学气质，给人以知性的感觉。

或许是教师的身份赋予了她强烈的正义感，她看起来并不像是不惜歪曲事实也要包庇丈夫的人。在回答警方的问题时，她自始至终都挺直了背脊，面向前方。君原则同情地看着她做口供的样子。

按秀子的供词，她的丈夫泽龙平约从半年前起便以工作忙碌为借口，增加了周末外出的次数。他身为社团的外聘顾问，在双休日或节假日里有任务其实很正常，可秀子好歹没白当老师，这点程度的谎话还是能分辨出来的。

不仅如此，秀子曾发现过其他女人趁自己不在家时登堂入室的痕迹。那已经是三四个月前的事了，某天她外出回到家中，看到洗脸池边粘着头发，而且明显是女人的头发。

这么说来，泽龙平也在晚上接到过自己班上的学生打来的电话；而在与对方交谈时，他的声音听起来总感觉有些严肃。他说对方是来找他商量将来的发展方向的，然而事到如今再回想，电话那头的人无疑就是宫地早苗。

秀子这位坚毅的妻子咬着嘴唇，强忍着情绪说道：拈花惹草倒也罢了，但我唯独不希望他对那么年轻的女孩下手。

宫地早苗的父母不知是太相信女儿了，还是对孩子采取“放养”

态度，总之他们压根儿没意识到女儿结交了男友。不过既然收集到了这么多材料，毫不夸张地说，它们已经足够让警方看清整桩案子的脉络。

搜查阵营一致认为泽龙平与被害人关系密切，而且被害人还去过非法的医院，他很有可能还有其他目标；当两位死者得知了他的劣行，就威胁说要把这一切都宣扬出去。

泽龙平当然知道，由于话剧节的甄选活动和网球地区大赛，学生与学生之间存在很多利害关系。如此一来，作为顾问的他，就有机会任意摆布洼井路子和木田爱莉去做些什么。

话虽如此，关键在于没有直接证据。光凭情况证据[1]是无法逮捕凶手的。搜查阵营全体出动，拼了老命到处问话打听，但富松女子学园拥有严格的校规，加上她们本人平时也谨言慎行，哪儿都问不出新信息。因此，警方很难否认自己已经感到无计可施。

另一边，学校的反应倒是很迅速。因为雇员与岐原祥子在校外接触，校方当即决定解除泽龙平的职务；此外，非法医院的事也被曝光后，校方又对泽龙平下达了无限期停职的处分。

说到底，谁也不知道宫地早苗是不是因为堕胎去的医院，也可能

1　情况证据是一种间接证据，所针对的不是待证事实本身，但可以帮助理解案情，如口头证据、环境证据、案件相关的绘画照片，一些事例等。由于它们在认定犯罪事实的证据能力上较弱，因此只能作为旁证。——译者注

是由于其他原因。而且就算是堕胎，也不一定是泽龙平的。所以，因为没有确凿的证据，即使他和校方在法律层面上产生纠纷，其判决结果也未可知。不过案发一个月后，迫于压力的泽龙平便主动辞职了。

而且不仅如此，还有更严峻的制裁在等着他——他的妻子带着孩子离开了家。

这下，他可真是陷入了四面楚歌的境地，想来八成已经失去了战斗下去的力气。因此就在搜查阵营袖手旁观的时候，事态演变成了最糟糕的样子。

泽龙平最终喝下了混入乌头的威士忌，自杀身亡。

7

“泽龙平死在哪里？”

树来问道。

事到如今，君原开始反省，认为不管孙儿如何央求，自己都不该把这样的故事告诉一个小学生。

可一旦面对树来那认真的眼神，君原便觉得做不到敷衍了事。毕竟，所谓“犯罪”正是由人类的本色所描绘出的社会现实。既然谈论到了这个世界的真实面，那么即使对方是孩子，也没法净拣好听的说。

“当然是在他自己家。当时，秀子回到家里打算看看情况，却发现丈夫倒在客厅地板上，已经死了三天了。而桌上放着一瓶剩下一半的威士忌和一只空玻璃杯。

“其实他并不贪杯，平时就算喝酒也最多喝点啤酒，威士忌充其量只是偶尔享用一下。”

“那瓶威士忌里有乌头吗？”

“嗯，警方在酒瓶和玻璃杯中残余的威士忌里都检测出了乌头成分。现场没有留下遗书，不过他特意用杀死了两位女生的毒药自杀，应该就是他在以自己的方式坦白罪行吧。”

“这……肯定是自杀吗？”

树来的措辞依然很谨慎。

“嗯，没错。”

君原点头道。

“说实话，泽龙平在喝下毒威士忌的那晚，秀子打电话给他提出了离婚。他希望妻子无论如何再考虑一下，甚至还说如果离婚他就去自杀，但秀子并没有听进去，大概是没想到他真的会死吧。先是遭到警方怀疑，妻子又对他不管不顾，于是这通电话就成了压垮他的最后一根稻草。

“之后，秀子又给他打了好几次电话，催他赶紧离婚，他却始终没有回复。秀子觉得事有蹊跷，便回家看看情况，结果看到了已经变成一具尸体的丈夫。”

“哦……是吗？”

听了君原的解释，树来还是低下头陷入了沉思。

尽管君原现在可以冷静地谈及此事，不过对刑警而言，好不容易追到的嫌疑人因自杀而死着实是最让人感到无力的。哪怕案件已经画上了句号，羞愧之情却始终消散不去。他总想着还有什么自己能做的事。

“话说，实施了杀人行为的洼井和木田后来又怎么样了？”

树来似乎调整好了状态，重新开口道。

“这个嘛……”

君原吐出一口气。

他之所以倍觉沉重，不仅是由于警方如此轻易地放任嫌疑人自杀，还因为他深感警方只顾着破案，而无暇去关心相关人士心中的创伤。

洼井路子也好，木田爱莉也好，其实她们本该成为受罚的对象。虽说两人都受到了真凶的摆布，但她们的所作所为无疑是犯罪，从道义上并不值得同情。不过讽刺的是，警方和学校都因案件的结果太过严重，反倒没有对她们进行处分。

她们不带杀心，却杀死了同学。警校双方对此抱有忧虑，不知道她们在自责的念头之下，会做出什么事来。然而不予处分对她们而言又究竟是好是坏呢？

毕竟严惩犯罪之人从某种意义上来说也是在对其进行保护。犯罪者唯有赎清自身的罪孽，方能得到社会的原谅。因此，即使她们免受责罚，所面对的现实却绝不会轻松。

“嫌疑人泽龙平已死，案件应该算是告一段落了，不过对当事人来说，这还没完呢。事实上，木田爱莉也自杀了，最终没能死成就是了。”

“咦？这样吗？幸好她活了下来。”

“是的，运气不错。她在自己家的浴室里割了手腕，失去意识昏倒了。这时她母亲正好回家，于是她捡回了一条命。”

“太好了。”

“确实。她被送去医院抢救，出院后没有再回学校，退学以后，听说她也没有转学，直接留在父母经营的餐厅里帮忙了。”

“哦……”

树来又不禁沉默了下来。

“出了那样的事，班上和网球社团里都不再有她的容身之所了吧？加上她性格外向，估计难以忍受周围人的无视。

“幸运的是她后来重新振作起来了，和餐厅的常客结了婚，还生了好几个孩子，已经恢复了精神。只不过事情过去很久了，我也只是有所耳闻。”

“那么洼井呢？”

“她倒没有做出自杀行为，而是偷偷转学了。她父母都是老师，很清楚孩子们的世界有多么残酷。为了到一个没人知道那桩案子的地方重新来过，他们去了北海道，那里是她母亲的故乡。

“据说她转去了北海道当地念大学，毕业后成了保育员。有一次，她带着幼儿园的孩子们走在公路上，正好有一辆客车开上了人行道。她为了保护孩子们，便冲到了那辆客车前，被撞得很重，结果去世了，死时才二十四岁。

“一旦有案件发生，加害人也好，被害人也好，他们的家人也好，所有相关人员的人生都会变得一团糟。比如这桩毒杀案。”

即使案件得到解决，也会留下后遗症，就像交通事故一样——君原在心中说道。

没有任何人能通过犯罪获益。被杀死的人当然让人遗憾，而背负着罪孽活下去的人心中也必定承受着他人难以估量的烦恼。洼井路子或许同样是扛着这份重担而挺身救下了孩子的。

“其实我不这么认为……”

正在君原打算换个话题时，树来轻轻地嘀咕了起来。

8

“爷爷啊，我有个问题。就算泽龙平想寻死，但他到底为什么要把乌头下在威士忌酒瓶里，而不是玻璃杯里呢？酒瓶的瓶口很窄哦，不管是下毒还是把毒药和威士忌混合起来，用玻璃杯可比酒瓶子方便多了吧？反正我是这么想的。”

树来的语速很慢。

“嗯，你说得对。”

君原点头表示赞同。

他明白了，原来孙儿着眼于这一点。对此，他也很是佩服。

其实在当年，搜查阵营内部曾就此展开过讨论，最终的结论是：由于现场并没有用于存放乌头的纸包或容器，因此泽龙平应该不是在自杀当天才往酒瓶中下毒的。

“他把乌头磨成粉末状并保存了起来，不过说不定会被妻子或警察发现，所以他八成是把毒粉溶在了威士忌里，打算用酒来藏毒，等必要的时候再使用。”

“原来如此……”

树来姑且认可了君原的说法，只是看起来还没能完全释怀。

“但是啊，将毒粉藏在威士忌里的人也可能不是泽龙平吧？”

他再次追问道。

“你是说，那是他妻子干的？！”

君原大吃一惊，树来却像是早已考虑过这一点。

“我们当然不能否定这种可能性。可是，能接触到那瓶威士忌的人，不止他的妻子秀子太太吧？毕竟还有一名女性趁秀子太太外出时，在他家的洗脸池上落下了头发呢。秀子太太好像认为对方是宫地早苗，然而事实真是如此吗？”

他的语气中没有一丝动摇。

君原可算知道了，原来这孩子从刚才起就一直琢磨着这个问题。

树来继续说道：

“通过岐原祥子的日记，以及她会与泽龙平在校外见面的事实来看，他们两人肯定有特殊关系。不过在洗脸池上落下头发的不是岐原祥子吧？因为他们是在案发前两个月才关系变密切的，而头发则是在案发三四个月前被发现的。”

“对。”

“但毫无疑问，那也不可能是宫地早苗的头发。毕竟她的外形就像宝冢的反串演员，而且颇受一些低年级学生的仰慕。

“说到宝冢的反串演员，那当然是短发喽！我妈对宝冢很着迷，我家还有宝冢的杂志和歌剧宣传册呢。那些负责扮演男性角色的女演员都剪短发。但既然秀子太太能看出粘在洗脸池上的头发来自女性，也就是说，那是长发。

“这么看来，泽龙平除了岐原和宫地以外，还有其他的目标呢。所以往酒瓶里下毒的，也许就是那名女性哦。”

树来心里应该已经得出结论了。看着他充满自信的样子，君原一时间接不上话。

而树来则仿佛把君原的沉默当成了默许，有些得意地继续说道：

“在这项前提下，我认为我们可以从完全相反的方向来进行思考。比如说，泽龙平和这桩交换杀人案其实没有关系，他是被真凶嫁祸的……您怎么看呢？”

“你的意思是真凶另有其人？”

君原问道，而树来则点了点头，接着开口道：

“我考虑了一下，还是觉得交换杀人或交换伤人实在太冒险了。除非能确定‘共犯’足够可靠，且绝不会拒绝自己的提议，不然便无法大刺刺地提出交换犯罪的建议。尤其是这桩案子。由于送出信件就会留下证据，真凶按说会慎之又慎，考虑其他法子才对，您不这么想吗？”

“嗯，确实如你所说。”

“可真凶却光明正大地向洼井路子和木田爱莉提议实施交换伤人计划，而且只说要让目标人物腹泻罢了，实施起来的罪恶感完全比不上杀人。

“当然，要向无冤无仇的同学下毒，难度还是相当高的。假如泽龙平是真凶，先不论本就头脑简单、又和岐原几乎毫无交集的木田将作何反应，他真的能确定朴素老实、与宫地交好的洼井路子会如此轻易地下定决心、参与计划吗？”

“然而，洼井路子确实背叛了朋友啊。”

“是的，就结果而言，我们发现她的友谊不过是虚情假意。但为什么泽龙平能提前认定她会‘上钩’呢？我最开始想不明白的就是这一点。”

“嗯，这倒也是。”

孙儿的意见颇有一番道理，君原不由自主地轻叹了一句。

树来对此报以微微一笑，接着往下说：

“爷爷，我觉得能够确信洼井愿意参与交换伤人计划的，只有她本人哦。而知道她并未真心把宫地当朋友的，同样只有她本人。于是，这桩交换杀人案真正的目的其实是——装出一副受到真凶摆布的样子，在杀死竞争对手岐原的同时，把泽龙平塑造成真凶，最后下手杀死他，并伪装成自杀。

“也许宫地和泽龙平之间没有任何关系，而和顾问泽龙平恋爱，并趁着秀子太太外出时去泽龙平家幽会的，其实是洼井。若按照这样的思路重新审视整桩案子的话，所有问题应该都能够得到解答。”

“啊……”

君原无法隐藏自己的震惊，唯有再次发出闷哼声。

树来见状，继续解释道：

“说白了，为什么警方和秀子太太觉得宫地是泽龙平的恋人呢？就因为她的名字出现在那个非法妇产科医生的客户名单上，对吧？因此大家主观地认为她怀上了泽龙平的孩子，还去做了堕胎手术。但那毕竟是一家黑诊所，客户们可未必会报上自己的本名。再加上又不需要提供医保证件，所以很多人会在看诊时给出假名或朋友的名字。”

“嗯，还真有这个可能。”

君原的声音很低。

“这么看来，去医院的也许是洼井呢？她冒用了宫地的姓名和地址。

“后来，泽龙平甩了她，又找上了话剧社团的岐原交往。岐原不仅长得漂亮，演技也出色。眼看着对方即将夺走话剧节主演的宝座，甚至还要夺走自己的恋人，洼井便想出了一套把恋人和情敌一同抹杀的复仇方法。”

“所以她才会向岐原祥子的同学木田爱莉提议‘交换伤人’吗？”

“嗯，毕竟木田争强好胜，而且凡事不会想太多嘛。洼井和宫地走得近，应该经常听说木田作为外部赛事的候补选手，对身为正式选手的宫地抱有竞争意识吧？她明白，只要声称自己也渴望在话剧社团的甄选活动中争取到主角的位置，并提出用泻药把对手‘拉下马’的计划，对方就会飞奔而来，给予响应。

“当然了，她的计划可不仅止于交换伤人。她假装自己同样是听从了他人的提议，利用从资料馆里偷出的乌头杀害了岐原和宫地，之后还特地向警方自首，表现出一副真凶另有其人的样子。真是高明的战术。”

“她把无辜的宫地早苗卷入自己的计划，就是为了这个？”

君原半信半疑，不敢确定是否有人能构思出如此卑劣的计划，而树来却干脆地点了点头，解释道：

“假设泽龙平同时与宫地和岐原交往，甚至还让宫地去了非法医院，警方肯定会怀疑到他头上对吧？而这正是洼井的目的所在。反正她碰巧顶着宫地的名字去过非法医院，便利用了这项事实，捏造了泽龙平与两名死者处于三角关系的假象。若想让这个故事成真，只要宫地继续活着就是个麻烦，因此必须杀了她。”

“那么，那个打给报社的告密电话也……”

“估计也是洼井打的。当警方得到‘黑诊所’的客户名单之后，泽龙平的嫌疑肯定会加深。她瞄准了那一刻，提前往泽龙平家的威士忌酒瓶里加了乌头。我想她八成有备用钥匙吧。既然他们会在秀子太太出门时在家幽会，因此她指不定偷偷配了备用钥匙。

“在妻子提出离婚的那晚，泽龙平本想借酒消愁，结果却丢了性命。不过他因为喝毒酒而死也只是时间问题罢了。”

“泽龙平就没怀疑过洼井路子吗？”

君原自言自语道。

“宫地怎么可能出这种事？她看起来不像是会和男生鬼混的类型对吧？我作为班主任真是太大意了！不过，警方若是怀疑我，那么我要说，她的对象绝对不是我。”

原来泽龙平的话并非谎言。

当时的他之所以狼狈不堪，不是因为与宫地早苗之间的恋情被人发现了，而是他明白了真凶就是洼井路子。即使是现在，君原也依然深刻感受到“先入为主”是何等凶险！

“唉，他再不济也是社团顾问，即使劝她自首，也不会对警方供出她来吧。”

君原不由得沉浸在哀思中。他心想着，哪怕洼井路子确实和泽龙平恋爱了，她也毫无疑问是不负责任的男人的牺牲品。

她犯下的当然是重罪，可是那些女生的精神成熟程度根本无法与她们巨大的欲望及尚不足够的知识量相互匹配，怎能将她们的罪行与成人相提并论呢？诚然，国民对少年犯罪的意见不尽相同，但作为一名直面过众多犯罪者的刑警，君原是真心如此认为的。

难道在冲向车辆，保护自己带领的孩子们时，洼井路子的心中就没有一丝对自己所杀的同学的赎罪之意吗？

“爷爷，您不饿吗？”

树来爽朗地说道，仿佛是为了打破君原的感慨似的。

这一老一少聊得太过投入，等回过神来，已经过了两个多小时。君原的嗓子都干了。

“说得也是，我这就去泡一壶热茶，我们来吃仙贝吧！”

他对孙儿点了点头，伸手取过放在桌上的那袋草加仙贝。

9

我要好好守护这孩子。

这是君原的心声。

六张榻榻米大的房间内并排铺着两床被褥，树来睡在其中一处，已然沉沉入眠，呼吸声十分轻柔。看着孙儿天真的睡颜，君原觉得他的相貌既像自己的儿子，又隐约能看出亡妻的影子。

可自己能为这孩子做些什么呢？

为国尽忠的意识与身为警察的使命感曾占据了君原脑海中的绝大部分空间，他也拥有过绝对要在岗位上大显身手的自我探求意识与功名之心，而如今这些已不剩分毫。现在的他一心祈求的，只有孙儿的健康成长。

即使不想承认，他也在日复一日地老去。虽然让人心生寂寥，可这绝非不幸。

他的眼前浮现出了和树来两人围在桌边一起吃早餐的画面，于是打算明天早些起床，去车站前的店里买上一些刚出炉的面包。

他关上灯，静悄悄地钻进自己的被窝，生怕吵醒酣睡中的孙儿。

两人是一人

我们是一体两人，

我们是两人一体，

我们是一人与另一人，

我们两人是一人。

1

“爷爷，您在当刑警时遇上过和双胞胎有关的案子吗？”

树来用吸管喝干了纸杯中的最后一滴冰茶，随后慢慢地对上了君原的视线。

他凝视着爷爷，双眸熠熠生辉。

其实，今天的树来不同往日，有些磨磨蹭蹭的，完全不见平时那种有话直说的爽快劲儿。君原正开始感到不安，听到孙儿向自己提问，便一下子放心地吁出一口气。

此刻是一个暖意融融的春日傍晚，树来在这个三月从小学毕业了。君原一直觉得他还只是个小孩子，可一旦留意，才发现那张天真稚嫩的脸庞已经不知不觉带上了少年的感觉。而眼下也可能是自己最后一次看他穿露出膝盖的短裤了。

对现在的君原而言，这孩子可谓是他生活的动力和意义所在。这些年里，他先是退了休，接着妻子又去世了，他就这样独自过活了一段时间，直到开始在意起孙儿树来，才重新焕发生机。而他如今甚至已经想不起来，在独居的那段空白时光里，自己到底是什么感觉，是靠做什么活下来的。

包括带树来去车站前的回转寿司店吃晚饭，也是他偶尔允许自己稍微奢侈一把的机会。毕竟他是靠退休金节俭度日的，因此，他总是一边珍惜地品尝着生啤，一边挑选爱吃的寿司；与此同时，孙儿那旺盛的食欲也能让他觉得满足，让他切实感受到所谓“最幸福的时光”指的正是这一瞬间。

所以当树来口中塞满了握寿司，抬眼看向他，鼓着脸颊试探地说“爷爷，麻亚知说她也想吃寿司……”时，他并没有立刻回话。

因为他不希望有人来打扰这段“最幸福的时光”。这纯粹是他强烈的个人意愿。

“那么，下次我们大家一起来吃吧。”

他犹豫了一会儿，最终如此答道。但这说法大概只是出于愧疚心理，连他本人都觉得说得很不利索。

儿子一家基本上只会在正月和敬老日[1]来拜访他。而且即使是正月，他们也仅仅逗留三小时左右。当然了，原因之一肯定是不想给上了年纪的独居老人增添负担。可实际上，难道不是还有许多别的方法能减轻他的麻烦吗？

麻亚知是树来的妹妹，比树来小三岁，在三月出生，因此名字取了英语单词“三月”的谐音。对君原来说，自己只有那么一个儿子，而她就是自己独生子唯一的女儿。

1　日本的敬老日是每年九月的第三个星期一。——译者注君原没有女儿，按说应该非常溺爱孙女才对。而事实却并非这样。理由其实非常简单，只需一句话即可说清。

不过小孩子怎能理解爷爷与母亲之间那看不见的争执呢？树来依然低着头，默不作声地动着筷子。

或许是由于这段小插曲，君原总觉得这顿饭吃得有些难熬。吃完寿司，他们也和平时一样带了甜甜圈和饮料回家。可即使在起居室里享用起了饭后甜点，爷孙俩依然聊得不怎么起劲儿。

焦虑与后悔之情渐渐袭来，君原好不容易才等到了树来开口发问。

“嗯……双胞胎啊……”

说实在的，他是真没料到孙儿会好奇有关双胞胎的案件。

双胞胎本身并不能构成诡计，而且多数情况下，世人都知道当事人有个双胞胎手足。由于他们本就已经够醒目了，即使长得像是一个模子里刻出来的，想要利用这一点来制造不在场证明也绝非易事。

他一时之间想不起符合孙儿要求的案件，但就在此刻，年轻岁月中的某段记忆突然涌上心头。

“因为意想不到的命运而经历悲剧的双胞胎，我多少还是知道的。不过它可能不是你想象中的那种案子。”

“好啦，快告诉我啦！”

树来的眼睛亮了起来。

2

“其实我没有直接参与那桩案子，那时候我才刚当上刑警，也没和你奶奶结婚。有一次，我去信州的温泉玩了五天左右，在旅途中听说了那个故事。”

君原简短地说完，便任由思绪飘向遥远的过去。

“当时不像现在这么流行泡温泉，可日本到处都是古老的温泉乡，会从源头直接引来温泉水给客人享受。前去疗养的客人们可以悠闲地在当地逗留一阵子。

“当然了，那种地方的旅馆内并没有可供旅行团使用的大型浴场和宴会场地，连我住宿的‘本乡旅馆’也仅仅是一间安安静静地建在山间荒村深处的小型温泉旅馆。

“它所在的村子就叫作‘本乡村’，可见本乡家历来便是那一带的大地主。据说他们是从战后开始经营温泉旅馆的，似乎直接使用了家中的旧宅，建筑风格十分庄严，因此上门的客人就会觉得自己是去乡下的亲戚家玩了一样亲切。”

“哎呀！那岂不是还有老井和老式的库房[1]？”

1　日本的老式库房是木质结构、土质墙壁的仓库建筑。每根结构柱的间隔基本为一米，随后以棕榈绳扎起竹筒形成墙面基底，往上糊二三十厘米厚的墙土，最后再在表面刷熟石灰，具有较好的防火性。不过墙土只糊在外侧，而库房内部则能直接看到裸露的木柱。——译者注

树来的声音中透着激动之情。

他是个彻头彻尾的城里孩子，自然没有亲眼见过那些东西，但鉴于他平日里老读些推理小说，似乎对它们很是熟悉。

“嗯，当然有。庭院里还立着石灯笼[1]，脱鞋时的踏脚石和盛放洗手用水的石盆也很气派，尽管地处荒凉，却别有一番风致。

“而那时候的洗手间一般都是日式的。抽水马桶的确已在城市里普及了，可乡下仍在使用需要人工清理的旱厕。树来，你没见过那种厕所吧？便池直接嵌在铺着木板的地面上，便池下边是一个叫作‘便槽’的空间，排泄物和卫生纸都堆积在里边。等快堆满时，人们就会用铁锹和水桶将污物从厕所边上的清污口掏出去。

“因为过去的农户会将人的排泄物当成肥料撒在田间，大人和孩子体内都容易出现寄生虫，虽然很艰苦，但仔细想想，那倒是最正宗的有机种植。”

君原不知不觉开始怀旧。

“我知道啊，虽然没亲眼看过就是了。不过，人在上那种厕所的时候，不会一不小心掉到坑里吗？”

树来瞪圆了眼睛回道。

1　石灯笼是一种常见的庭院景观艺术品，顾名思义是以石头制成的小型立式灯塔，起源于中国，据说在一千多年前随佛教一起传入日本。日本最初的石灯笼是在寺院里供奉圣火的，拥有“立式光明”的意思，后来逐渐演变为日本石文化的主要内容之一，拥有了独特的风格。——译者注

“不会，除非是一两岁的小孩子。但不同于冲水厕所，旱厕可难闻了，基本都建在建筑物的最边上，或者离主宅稍远一些的别屋里。而且过去还没有现在的日光灯，走廊和厕所都只装着一个光秃秃的灯泡，就算开了灯也十分昏暗。因此，成年人在晚上去上厕所时也会觉得怪害怕的。”

“我知道！我知道！我在漫画里看过！要是低头看便池，下面就会有死人的手‘唰——’地伸出来！”

君原听到孙儿的形容，不禁露出了苦笑。

这么说来，他也记得以前看过的纸画剧[1]。如今的孩子大概压根儿没听说过这个名词，不过在那个时代，别说电视机和游戏机了，就连看书都很奢侈，所以纸画剧对孩子来说是为数稀少的娱乐活动之一。至于所谓的“娱乐活动”，充其量也就是听听广播，以及一年被父母带去看几场电影。

在君原的童年期，日本社会还处于牧歌般恬静的氛围之中，表演纸画剧的大叔每天都会在固定的时间敲着太鼓，在镇子上来回走动。孩子们以鼓声为信号，纷纷前来，聚集在街角或者寺庙的院落内，花上五日元、十日元的零花钱，从大叔手里买些并不精致的小零食，而

1　纸画剧是一种曾流行于日本街头的戏剧形式，表演者通常为一人，使用可抽放图片的框子，在框内装备数张图片，表演时表演者在旁抽拉图片，让观看者看到不同的图片，同时配以讲解或演唱以解释图片的内容，构成一个完整的故事。——译者注

这就是观剧的“费用”。大家一边吃着买来的零食，一边听大叔用说书般的口气解说插画。

当然了，纸画剧的表演现场并不会配备座席，表演者和观看者都全程站着。演出的剧目通常有三出，其中一出是志怪故事。即使在孩子的眼中，那些插画也绝不是随意的画，因为不可思议的是，那狰狞的画风却带有一种奇妙的真实感。

不知喝着冰茶，嘴巴被甜甜圈塞得鼓鼓囊囊的现代孩子会看那种风格的漫画吗？

见君原在不知不觉间追忆着往昔岁月，树来似乎等不及了。他催促道：

“然后呢？那间‘本乡旅馆’出什么事了？”

“哦，对，‘本乡旅馆’的老板娘原本是本乡家的大小姐，他们家可以说是家道中落了吧，所以才经营旅馆的。当时她已经年过五十，但依然美丽高雅。负责准备餐食的女性和她差不多年纪，两人处理事务时都特别麻利。”

“只有两个人？”

树来惊讶得双眼圆睁。

“它号称是‘旅馆’，实际上就只有六间客房。虽然力气活或许得拜托给别人才行，不过其余的都是些女人也完全做得来的工作。老板娘的母亲已经八十多岁了，住在别屋里。听说老人家行动不便，所以我只是瞥见一眼。她果然也是一位优雅的老夫人，老板娘长得很像她。”

“那么双胞胎在哪儿呢？”

听到这里，也难怪树来会心急了。

“哎，你稍微等等呗。”

君原轻轻抬起右手，安抚着孙儿。

“把‘本乡旅馆’推荐给我的人是我当时的上司，他好像很久之前就对那里很熟了，还帮我写了介绍信，带给桧原警署的野毛巡查部长。本乡村也在它的辖区内。那位野毛警官一看便是个忠厚老实的好人，出于同在警察队伍的情谊，连我这样的毛头小子都受到了他的衷心欢迎。虽然他已经上了年纪，不过听说他从年轻时就一直驻扎在那个村子里。

“当我告诉他，自己暂住在‘本乡旅馆’时，他看起来非常怀念，还招呼我一定去他家坐坐，招待我吃晚餐。于是我便上门叨扰。我们一边喝酒，一边听他说本乡家的趣事。”

“我知道了！‘本乡旅馆’的老板娘是双胞胎中的一员！”

树来直接指出了答案。

君原一脸惊讶地看着他，只见他高举双手，摆出了大喊“万岁”的姿势，欢呼道：

“好耶！猜中了！”

“你怎么知道的？”

听到爷爷的问题，树来咧嘴笑了，回答说：

“爷爷呀，野毛警官请你去他家，不就是想跟你聊聊本乡家的大小姐吗？他肯定早就仰慕着人家呢。”

君原吁出一口气。

3

时值昭和十三年（1938）一月下旬，本乡家的年轻户主——本乡秀重被人发现死在自家的庭院中，死因是遇刺身亡。

那是一个天寒地冻的早晨，秀重的母亲阿鹤因为没看到儿子的踪影而四处寻找，却见他就倒在院子里，身上穿着毛衣和长裤，外披一件日式棉袍，脚上则是法兰绒的袜子和木屐。

死者腹部有一处刀伤，看样子基本上是当场去世的，死亡推定时间在前一天晚上七点到午夜一点之间，不过鉴于阿鹤前一晚九点多时曾去他的房间道晚安，而他本人也确实在房内，可知凶手的作案时间实则更晚。从现场情况来看，他很可能是去庭院与某人密会，结果却突然遭到袭击。

乡下人睡得早，因此别说目击者了，就连听到他叫唤的人都没有。

除了阿鹤，秀重的双胞胎妹妹富久子也在主宅里，但母女俩都睡得很熟，并没有注意到异样。更不凑巧的是，住在另一栋屋子里的用人夫妇——猪又善造和阿市因为参加法事而请了假，不在宅子里。凶器也不翼而飞。

秀重时年十九岁，由于父亲清重病故，他在年仅十七岁时便继承了户主的身份，至今才两年有余。于是本乡家再度失去了户主。

野毛收到消息，赶紧奔赴现场，只见富久子正孤零零地站在庭院里，等待着警官到来。她身穿手织的毛衣，外罩黄褐色的外套，下着一条裙子。

一问，才知道给派出所打完电话后，阿鹤就因惊吓过度而昏倒在地。说完，富久子便将视线从已经变为一具尸体的哥哥身上移开，泛紫的嘴唇不住颤抖。

在此之前，野毛仅能远远地仰望她那清秀的姿容，而今在近处得见，只觉得她虽略施脂粉，可那份美貌简直堪称卓绝。或许是由于寒冷和恐惧，她的身子正微微地打着战。

搜查工作由桧原警署与县警署的刑警们负责，野毛则是驻扎在村子里的派出所片警，因此探案和他无关。但在搜查阵营赶到之前，他都有义务保护现场。

“我会盯好这里的，外边那么冷，请小姐您先回屋吧。”

虽然只是说了这么一句话，野毛还是感觉到自己脸都红了。

“谢谢您，我没事的。”

富久子站在野毛面前，郑重地鞠躬行了一礼。

因为这一礼，富久子的头发几乎蹭到了野毛的鼻尖，一股妙不可言的芳香在一瞬间撩拨了他的嗅觉，即使是他这样单纯的男人也察觉到对方搽了香水。

他一下子忘记了此处是命案现场，几乎无法抑制住强烈的激动之心。然而，当他看到被害人脸上那苦闷的表情时，又立刻因严峻的现实而绷紧了神经。

他和秀重差不多大，却不记得自己和对方好好交谈过。毕竟他只是个驻扎在此的基层小警察，从一开始就没有入过秀重的眼。

于是乎，他们兄妹二人虽然都让人难以接近，但和气质凛冽的妹妹富久子不同，从哥哥秀重那高傲的态度之中，可以窥见他鄙俗的本性。

但遭到杀害终究可怜，野毛在心中向死者合掌祷告。

秀重恐怕是和一些危险分子有所牵扯。野毛听说过，秀重平时就往返于N市，玩得很厉害。于是，他暗自得出结论，认为对方十有八九是死于赌博款项所引发的纠纷。

事实上，之后集结起来的搜查阵营的意见和他也大致相同，只是未能锁定具体的嫌疑人。说白了，秀重是个阔少，即使真被人当成肥羊痛宰，也找不出有谁和他结了那么大的梁子，甚至要闹到杀人的地步。

那么，在异性关系方面呢？已知秀重的父亲清重是个出了名的花花公子，在N市内养了一个艺伎出身的小妾，并与她生了两个儿子。

当时社会上还流行着“三年无子即休妻”的说法，清重的正房夫人阿鹤一直没有生育，直到婚后第十一年才好不容易怀了孕。可喜的是，她最终诞下了一对龙凤胎。不然的话，本乡家按说会由小妾的孩子继承。

秀重是看着父亲的背影长大的。如此一来，即使他早早就懂得了拈花惹草也实属正常。经调查，警方发现他和N市的一名咖啡厅女招待[1]关系亲密，对方也怀上了他的骨血。

那位女招待名叫光子，听说是独生女，由母亲一人抚养长大，过得非常清贫，为了生活才进入声色场所工作。现在她腹中有了孩子，而自己重要的男人又死了，今后的命运想必多舛多难。不过她在案发当晚一直在店内接待客人，工作到深夜。先不论有无杀人动机，至少她的不在场证明是完美的。

秀重的葬礼于三天后举行，村子里的主要人物都来参加了，场面相当肃穆。随后秀重很快便被葬在了位于本乡家宅子后方的墓地里，本乡家祖祖辈辈都长眠于此。

案发之后，富久子十分坚毅，代替卧床不起的母亲阿鹤主持着丧事。她身穿全黑色的丧服，露出了白皙的后颈。即便如此，她依然美得那样鲜明。野毛心疼地看着这样的她。

4

秀重的葬礼结束了。第二天起，虽然还不知道该去哪儿抓捕凶手，但村子里的人似乎都和本案没有关系，原本紧张焦灼的气氛便缓

1 旧时日本的咖啡厅女招待并不像现在只是单纯的服务员，而是需要靠与客人调情暧昧、卖弄风情来揽客的。——译者注

和了下来，野毛也正准备恢复平常心。

他独自待在派出所里，百无聊赖。

“不好意思……”

正在这时，他看见一位年轻女子怯生生地来到了派出所，而这一眼却吓得他差点从椅子上摔下去。

那位女子身穿一件深蓝色的旧外套，头发低低地扎成两束，眼神清澈，唇瓣透出浅浅的樱粉色，肤色白皙宛如瓷器，容貌和富久子极为相似。

“我想向您打听些事……”

女子笨拙地对着惊呆的野毛开了口。

她的面貌和身姿都十分美丽，并不逊于富久子。然而她双目低垂，毫无自信，再加上那身朴素的打扮，即使在野毛看来，也觉得对方有些土气。但富久子刚从N市的名门女校毕业，很适合那些具有都市风范的时髦衣着，因此来者明显不是富久子本人。

“请问您是哪位？”

野毛的嗓子眼都缩紧了，甚至没法好好出声。

他已经顾不上进行例行询问，而是不假思索地打听起了对方的芳名，那女子好像也没有觉得不对劲。

“我叫新田绫，是从桐里村过来的。”

她恭恭敬敬地鞠了一躬。

桐里村距离此处有六七里路，记得是富久子母亲阿鹤的老家。那么，该女子也许和阿鹤有着相同的血统。毕竟在闭塞的村落里，村民大多都沾亲带故。这么想来，她和富久子长相相似便不足为奇了。

“您有什么事？”

野毛问道。

“我打算去本乡家，想向您问个路……”

她果然是来找阿鹤的。

“哦，本乡家呀！”

从派出所走上二十分钟左右就能抵达本乡家的宅子，野毛当场给她指了路。这时，他突然意识到，不知这姑娘是否知晓本乡家出了命案。

当时，报纸和广播在农村尚不普及，因此多提醒她一句应该算得上是一种善意。

然而令野毛惊讶的是，就在她听到本乡秀重被人刺杀身亡，葬礼也于昨日举行完毕时，便发出了无声的惨叫，手中的布包袱也掉落在地。

她睁大了眼睛，整个人都呆愣住了，接着仿佛直接失了神，往野毛身上倒去。

这是野毛未曾料想到的事情，他大惊失色。

尽管对方只是一名女子，失去意识的人也是很重的。他虽然想扶住对方，却由于从未触碰过异性的身体，此刻完全不知道该往哪儿伸手。

结果他一边叉腿站稳，一边缓缓后退，总算是从派出所的接警室进到了靠里侧的小房间。

那是一间三块榻榻米大的房间，地上也铺着榻榻米，供派出所警察吃饭或小睡。他好不容易把昏迷的女子放到了榻榻米上，胸中不由得涌起了一股侥幸之感，心脏也几乎要因兴奋和紧张而破裂。

躺在一边的阿绫双目紧闭，一动不动，好在呼吸均匀，看样子性命无虞。野毛暂时松了一口气。

她的确越看越像富久子，但身上并没有富久子那般的香味。沉重且潮湿的外套上只散发出淡淡的尘土气息。

外面十分寒冷，托暖炉的福，派出所里暖洋洋的。野毛发现自己已经浑身是汗，于是他笨手笨脚地解开了阿绫的外套扣子——他当然不能脱掉姑娘家的外套，不过至少得把前襟敞开，不然万一汗湿了，过会儿一出门就得感冒。

阿绫似乎是精心打扮过后才来的，白色的女士衬衫外是一件鼠灰色的上衣，还搭配了一条裙子。她的脖子上戴了一根细细的金链，链子上串着一枚椭圆形的开合式挂坠。

野毛知道这是可以在内部放入照片的挂坠，因为他出嫁的姐姐就总戴着这种坠子，里边放了她孩子的照片。

这个宛如富久子翻版的姑娘到底是什么人？又在挂坠里偷藏了谁的照片？他凝视着不省人事的阿绫，不禁在意起了坠子的内部。

他知道自己不该这么做，可还是不自觉地向那枚挂坠伸出了手……但就在那一刹那，阿绫微微睁开了眼。他本就胆小，这下子更是吓得一颗心吊到了嗓子眼儿。万幸的是，对方的意识尚朦胧，只是虚着眼睛看向他。

“您没事吧？”

野毛问道。

阿绫很快醒了过来，“哇”地哭出了声，像个孩子似的抱紧了野毛。

野毛吓了一大跳，只能继续跪在榻榻米上，用颤抖的手轻抚对方的后背。

阿绫就这样抽抽搭搭地哭了一会儿。约莫一两分钟后，她恢复了理智，慌乱地松开了手，随后站起身来，也顾不上扣起外套扣子，甚至不敢看向野毛，大概是害臊坏了。

“我真的太失礼了，已经没事了。非常感谢您。”

她拾起掉在水泥地上的布包袱。

“您还是再休息一会儿吧……”

野毛劝阻道，但阿绫直接撇下他，逃也似的离开了派出所。

他其实很想追上去，可找不到挽留对方的理由，只得呆呆地望着她离去。接着，他坐到了办公桌前的椅子上，一时间陷入了茫然之中，思考着那个叫作阿绫的姑娘在得知本乡家的案子之后，为什么受到那么大的打击？她和本乡家到底是什么关系？

当他偶然将目光投向里屋时，只见榻榻米上有个闪闪发光的东西。他本以为那是纽扣，等凑近一看，才发现正是阿绫的挂坠。看样子是她方才抱着自己时，用力太大，把坠子给扯下来了。

他一下子愣了，寻思着该如何是好，不过很快又改变了念头，认为阿绫如果重视它，那么之后应该会亲自过来认领。保管他人的遗失物品本来就是警察的工作。

如此一来，他便抑制不住自己的好奇心。而且他还有了借口——既然是代人保管物品，作为警察肯定得好好检查物品的内部情况。因此，他手法十分生涩地打开了那枚开合式的挂坠。然而一见坠子里的照片，他简直不敢相信自己的眼睛。

坠子的右内侧嵌着一张女性的照片，一件带碎白点花纹的和服穿得整整齐齐，从年龄上看估计是阿绫的母亲，但和阿绫长得一点都不像；而左内侧的照片上则是一位二十岁上下的年轻男子，照片看着像是在村子的庆典上抢拍的。那名青年剃着寸头，头巾拧成绳状，围着脑袋绑紧了，身上穿着短外褂，笑容满面。他的脸型和眼睛倒是和右侧的女性颇为相似，两人大概是母子。

不过最为引人注目的是，照片中的青年和死去的本乡秀重简直一模一样。

5

“接下来怎么样了？阿绫姑娘来拿回自己的挂坠了吗？”

树来似乎来了兴趣。

君原心里得意，可表面上还是一副风轻云淡的样子，继续道：

“当然来了。她发现自己宝贵的挂坠不见了，因此离开不到十分钟就赶回了派出所。其实警察的任务是默默把东西还给人家，可看过里头的照片之后，野毛警官没法放着不管。他并不知道本乡家和新田家之间发生了什么，却仍想尽量为阿绫出一分力。”

“阿鹤老夫人生下的八成是富久子小姐和阿绫姑娘这对双胞胎吧？自己总算有了孩子，结果是两个女儿，照样比不过小妾的儿子们，所以她便找到在同一时期生下了双胞胎儿子的新田家，用一个女儿换了对方的一个儿子，是吗？”

树来迅速地发表了推理。

“你看得真准，就是这么回事。以前有个习惯，嫁出去的女性不在婆家生孩子，而是回娘家去生。到了战后时代，女性确实会在医院生产，可那时候大家把助产的任务都交给接生婆负责。由于生完孩子之后，产妇有一阵子动弹不得，因此待在亲生母亲身边更让她们感到安心。

“阿鹤当年也回到了桐里村，遗憾的是，她生了两个女儿。但她知道丈夫只想要‘带把的’，又听说新田家那阵子正好添了一对男孩，就向他们提议交换一个孩子。

“金钱当然在那笔交易中发挥了作用，不过本乡家毕竟是大地主嘛，能把一个儿子送去那样的人家，对新田家来说也不见得是坏事。”

“嗯。”

树来似乎不是非常认可他们的做法。他是接受现代教育的孩子，自然没法对此感同身受。

“野毛警官老老实实地对阿绫说，他已经看过挂坠里的照片了，其中那名青年和前几天被杀的本乡秀重长了同一张脸；他还说自己是警察，如果阿绫遇到麻烦，他愿意尽力提供帮助。总之，他诚恳地提出了自己的想法，希望对方可以相信他，把真相说出来。

“或许是因为阿绫觉得野毛警官和自己年纪相仿，再加上挂坠内部都被他看过了，她明白自己已经没法找借口，便坦白了一切。按她的说法，照片中的青年名叫新田时男，是她的双胞胎哥哥，和本乡家的秀重兄妹同龄，都是十九岁。

“他们的父亲新田贞男在桐里村经营一家小酒铺，双亲将她和时男当作双胞胎抚养长大，待父亲去世后，他们和母亲阿富一起守着铺子。而他们兄妹本人从没有怀疑过自己并非亲生手足。

“不过，那年元旦刚过几天，阿富就因感冒拖久了而转成重症肺炎，撒手人寰。临死前，她将这个惊人的事实告知了阿绫。

“阿富说，阿绫其实不是自己亲生的。嫁去了本乡家的阿鹤无论如何都想要儿子，所以来求她对调一个孩子。因此，要是将来阿绫陷入困境，可以去找阿鹤帮忙。她一定会施以援手。

“说完，阿富便断了气。

“阿绫和富久子很像，为人都踏实可靠。就算听了‘母亲’的这番话，她也没想过去和阿鹤见面。她安于当新田家的女儿。况且现在还出了命案，假如她去本乡家报上自己的名字，肯定会给阿鹤添麻烦。

“可时男却并非如此。他像秀重，生性粗暴，很快便准备利用这个信息去弄钱。”

“那么，案发那晚，秀重其实是在本乡家的庭院里偷偷和时男见面？”

树来插嘴问道。

“如何？这故事挺有意思的吧？”

君原没有回答，只是露出了满足的微笑。

“嗯！”

日光灯的光亮映在树来的眼睛里，显得他的双眸益发熠熠生辉。

“一月下旬的某天，时男自称要去本乡村走一趟，就离开了家。当时他神气活现的，说能弄到一大笔钱。阿绫有一种不妙的预感，虽然开口制止了时男，不过对方不听劝，再加上她得留下看店，没法同行，只好忧心忡忡地待在店里。

“可一天、两天、三天过去了，时男却始终没有回来。在当时的农村，装电话的人家不会超过一户，因此她也联络不上‘哥哥’。在他离家后第五天的早晨，她终于只身前往本乡村。”

“如果时男先生就是杀死秀重先生的凶手，野毛警官的心情应该很复杂吧？他不想让阿绫姑娘伤心，但又不能放任凶手逍遥法外。”

树来沉思着。

“嗯，野毛警官性格认真又诚实，似乎非常苦恼。他对富久子的感情也许只是单纯的仰慕，而相比之下，阿绫和他之间的差距可小得很。

“他思来想去，还是先劝阿绫回桐里村去。假设时男与秀重的命案无关，那么说不定已经到家了；而万一时男就是凶手，很可能已经畏罪潜逃。只不过，哪怕他会为阿绫保守秘密，也无法断言时男不会被逮捕。所以当时他只是说自己什么都不知道，并鼓励阿绫努力振作。

“一开始，阿绫哭着说不能不管‘哥哥’，但最后还是被野毛警官说服了，答应他不去本乡家，直接回桐里村。随后，她当场对那枚从链子上掉下来的挂坠做了一些简单的修复处理，小心翼翼地将它挂回原处，踏上了归途。”

“原来如此。但故事还没结束吧？”

树来担心地问道。

“你放心。”

君原从容地微笑着，说，

“当然还有后续。”

6

本乡家的后山山脚下，一间陈旧的小工坊着火了，屋子被烧了个干净。而失火次日，有人在那堆废墟中发现了尸体。

后山长满了杂树，平时大家都不会去那里，小工坊在那阵子也没人使用。当人们看到起火时已经过了午夜零点，现场附近空无一人。

废墟中的尸体有两具，而且看得出是浑身浇透了灯油后被烧死的，已经完全碳化，损毁程度极其严重，无法通过检测判定出死者的年龄与性别。

警方在查案的初期阶段便断定那是新田时男和阿绫两兄妹的尸体，两人死于焚火自尽。可那并非科学检验的结论，而是因为阿鹤的供词。她眼见事已至此，就下定了决心，认为只得将真相和盘托出，于是一五一十地对警方坦白了内情。这也成为警方如此断案的决定性证据。

本乡家的秘密就这样被公之于世，不过听到阿鹤所讲述的故事后，身经百战的刑警们也都哑口无言。

在秀重被杀那天，阿鹤看见新田时男出现在本乡家。只消一眼，她就做好了思想准备，心中念叨着——该来的总算来了。想来，自打她为了对抗清重的私生子而交换婴儿的那一天起，后悔与恐惧便一直折磨着她。

尽管她向新田夫妇支付了数额可观的谢礼，但不管怎么说，对方都握有自己的把柄。因此她拜托桐里村的娘家亲戚，一直暗中留意着新田家的动向。后来新田贞男去世了，再接着连阿富都离开了人间，一种说不清道不明的不安感便向她袭来。

就在这时，终于东窗事发。

她上一次见到时男时，他还在襁褓之中，可双胞胎的基因过于强大，他的长相与体型都与秀重如出一辙，甚至可能同样地贪婪、傲慢。思及此处，阿鹤颤抖了起来。

时男是来本乡家敲诈勒索的。而倒霉的是，用人善造夫妇还不在家，这让阿鹤越发心慌。

但即使打着这样的主意，时男也没有直接威胁阿鹤，只是一口咬定想和秀重单独聊聊，希望能安排兄弟二人见一面。站在阿鹤的角度上看，她既担心秀重的反应，又不愿让时男见到富久子。毕竟她了解秀重有多么好色，因此难免会有这种想法。

而秀重不愧是男人，即便得知了自己的身世，也不见一丝动摇。再加上他可能对自己的双胞胎兄弟抱有好奇心，在听完了阿鹤的话后，便直接拜托她请时男进屋。

秀重让她不用担心，说世上有很多人都将抱来的孩子视若己出、抚养长大，并声称假若“父亲”清重仍在世，或许还将产生变数，不过如今自己才是本乡家的户主，所以不会有任何问题。听到秀重放声大笑，阿鹤也放下了心。

仔细想想，反正时男也不是混黑道的，确实不必过于戒备。于是，阿鹤调整了心情，决定先将对方当作客人来招待。

在厨房准备晚餐期间，阿鹤同样将一切都告知了富久子。

把女儿也卷入自己的秘密中来，让阿鹤心中着实痛楚。只是她已经瞒不下去了。可真正让富久子震惊的，并非秀重与自己不是亲兄妹一事，而是自己居然有个双胞胎妹妹。她流着泪说妹妹实在太可怜了。

与此同时，面对面坐在日式客厅的孪生兄弟——秀重和时男在一开始似乎还能冷静对话，然而他俩的体内毕竟流着相同的血液，即使是初次见面八成也能心意互通，教人没法不担心他俩是否能好好聊下去。

用过晚饭之后，阿鹤母女二人在富久子的房间里聊得入了神。就在时钟的指针刚经过七点时，寂静的氛围被突如其来的噪声所打破。她们听到了秀重和时男相互怒吼的声音以及有人在走廊上跑动时发出的“咚咚”声。那兄弟俩无疑是动起手来了。

阿鹤与富久子非常清楚秀重那冲动易怒的性子，于是两人屏息凝神地往客厅那边窥探。而之前还激烈异常的怒吼与嘈杂声却恰好突然停了下来，下一刻起，整栋宅子更索性变得鸦雀无声。这种时候，再次提起已经放下的心也是人之常情。阿鹤踌躇片刻，便阻止了准备和她一同起身的富久子，独自出了房门。

她穿过幽暗且寒冷的走廊，把客厅的纸拉门悄悄拉开一条缝，但里边没有任何人在，开在侧廊上的那扇面向庭院的纸拉门则胡乱地大开着，冰冷的空气从室外灌了进来。

原来兄弟二人是冲到庭院里去了。阿鹤一心记挂着他俩，脚上只穿着袜子就直接从侧廊上跳进了院子里，眼前的情景令她倒吸一口凉气。

只见时男整个人呆立当场，一只手中握着菜刀。

秀重则倒在时男脚边，腹部似乎挨了一刀，鲜血从伤口中涌出，血迹慢慢地在衣服上越扩越大。

她跪在地上给秀重把脉，却发现他的心跳已经停止了。

“杀人啦！！”

阿鹤惨叫了起来。

“您别出声！”

可没想到出声制止她的居然是富久子。

她不知何时追着阿鹤来到了这里。

“母亲，时男先生，二位先冷静。请时男先生把菜刀交给我，我们三个人一起好好想想接下来该怎么办。”

女儿这三言两语说得甚是沉着冷静，让阿鹤清醒了过来。

正如富久子所言，他们在这里闹起来也于事无补，而守住本乡家的秘密和名誉才是第一要务——既然如此，结论就是明摆着的了。

只要没人知道时男来过本乡家，他就能免遭怀疑。她们让时男立刻回桐里村去，自己会当作什么都不知道。死去的秀重固然可怜，不过眼下只有这一个法子了。这么一想，用人夫妇不在家反倒成了意料之外的幸运。

然而事情不会这么轻易遂人愿，当母女俩从茫然若失的时男手中取过菜刀时，却发现这把杀死秀重的凶器竟是阿鹤平时爱用的刀具！而且率先动手的八成是秀重，所以时男的眉头间、左脸颊以及右手上都出现了深深的割伤。说实话，对待那把菜刀，只需将它洗净并放回厨房即可，但伤口可很难被糊弄过去。

富久子指挥时男先坐到侧廊上去，并对他做了一些急救处理，幸好血止住了。可是不能让他挂着彩直接回老家去，于是她们便把他藏在本乡家，直到他养好伤为止。

当时后山山脚下的小工坊正好闲置着，多亏这一点，没人会留意那一带。以扫墓祭祖为由，即可畅通无阻地把食物带往后山。

时男就暂时藏身于那间小工坊之中。

之后，反正秀重也顺利下葬了，他们总算能松一口气。只是好景不长，这次轮到新田绫来本乡家登门拜访了。她似乎违背了野毛的劝说，阿鹤已经完全没有了方向。

更糟糕的是，阿绫在派出所听说秀重被害，因为受不住刺激而昏了过去。野毛在照顾她的期间，看到了挂坠里的照片，并据此得知了两对双胞胎互换其一的秘密。

在恐惧和愤怒的夹击之下，阿鹤一时间失去了理性，而劝下她的果然还是可靠的女儿富久子。

事情发展到了这般田地，阿绫也没法子了。她只能相信野毛，并尽早让时男回桐里村。她已经知道阿鹤就是自己的生母，同时却还要因时男愚蠢的行为而向阿鹤道歉，请求她的原谅。见女儿这般姿态，阿鹤哭得死去活来。

了解了事情原委之后，阿绫坚决表示自己不能再给本乡家添乱了，时男由她照顾就好。

樵夫和工人曾在那间小工坊里住过，因此里头备有石油暖炉。但信州的寒冬之夜实在太过难熬，阿鹤便劝阻了她，然而她听不进去，硬是带了两人份的食物，独自一人去了后山。

临行前，她还对阿鹤深深鞠了一躬，说道：

“母亲大人，能见到您，我真的很开心。”

而就在那天晚上，后山飘来了阵阵异臭，那间小工坊失火了。

7

“由于时男已死，他所犯下的杀人案也得以解决，可听说警方内部却出现了两派意见，一派认为阿绫和时男一起纵火自杀了，而另一派则怀疑是阿绫硬拖着时男共赴黄泉。只不过当事人都已不在人世，他们便不再打算彻查。毕竟当时还没有电视节目和周刊杂志，所有相关人员都不会被媒体当成素材做成那些耸人听闻的社会报道。既然没有来自舆论的关注与压力，估计警方就此收手也是为了顾及本乡家的面子。”

君原顿了一顿，树来则不知为何，仍低着头，若有所思。

于是君原继续说下去：

“但说实话，只有野毛警官还持有不同的想法。在我去他家做客的那天晚上，他喝着当地出产的酒，对我吐露了从未向人说起过的故事。当时我和他可以算是素不相识，我也纳闷他为何要把秘密告诉我，不过想来或许是因为我和本乡村毫无关系，再加上我们都是警察吧。”

说完，他便见树来抬起了头，问道：

“如果那两具烧焦的尸体分别是时男先生和阿绫姑娘，那么阿绫姑娘戴着的那枚挂坠去哪儿了？先不管坠子里的照片，那东西，包括那条项链，都是金属制品，按说不可燃吧？”

他清澈的双眼中绽放出强烈的光芒。

“树来，你真的很敏锐。”

君原佩服地说道，

“确实如你所说，野毛警官怀疑的也正是这一点。他不是刑警，无法亲自去检查焦尸，然而他实在太挂心了，就试着调查了搜查记录，随后注意到其中并没有任何关于挂坠的信息。”

“那起火灾之后，还有人见过阿绫姑娘吗？”

树来向君原确认道。

“当然没有，据说桐里村的新田酒铺也关门大吉了。不仅如此，以火灾为契机，本乡家没落了。连着两代户主都是不务正业、只管享乐的浪荡子，在外面赊了好多账，家族的财政状态早就陷入了困境，就连家里的大片土地都差不多被抵押了出去。

“阿鹤了无生气，整个人都病恹恹的，成天只知道睡了起、起了睡，还辞退了用人善造和阿市夫妇，与富久子母女二人静静地隐居了起来。

“即使乡下治安再好，这么做也太疏于防范了。于是野毛警官一有机会就去本乡家看看，尽量多关心她们。而在这样的状况下，富久子的容颜不仅没有衰退，反倒益发美丽。

“某一天，野毛警官前往本乡家，碰巧撞见富久子一个人在庭院里除草。秀重当年就是死在她眼前的那块地皮上。野毛警官脑中清晰地浮现出了关于那个早晨的回忆。

“他轻轻地从背后接近富久子，向她打了招呼。对方站直身子，回头看向他。

“她的脸庞近在眼前，野毛警官就和之前一样被吓了一跳。

“他不由自主地将藏在心里的秘密脱口而出，叫道：‘阿绫姑娘！’”

“果然！”

树来出声了。

“我就觉得肯定是这么回事！”

他兴奋得连声音都变了，眼看着就快要跳起来。

“嘿，为什么？”

“因为野毛警官发现了证据。在那个‘富久子’小姐低头除草时，他看见对方脖子上戴着一根金项链，正是阿绫姑娘之前佩戴的那根，链子上还吊着挂坠，对吧？”

君原大惊，心想着这孩子居然已经推理到了这一步！

“嗯，这也是理由之一。”

“还有就是，‘富久子’小姐就站在她面前，可身上却没有散发出那股香水味是吗？”

“我认输，真是赢不过你……”

君原喃喃道。

“就是这么回事。野毛警官一直怀疑在火灾中死去的其实并非阿绫，而是富久子。阿绫做不出那么可怕的事，但富久子倒是说不准，不过他没有确凿的证据。

“而且，假如富久子已死，那么纵火案的真相对本乡家来说就不得了了。阿绫如果以死向本乡家谢罪，应该是想要和时男共同扛起责任，可是富久子压根儿没有跟时男一起自杀的理由。如此一来，被烧死在小工坊里的肯定不是时男，是秀重。即是说，在本乡家的庭院里遇刺身亡的也不是秀重，是时男。事关重大，可不是光凭怀疑就能说出口的。

“富久子知道秀重杀了时男，因此立刻思考该如何保护本乡家的名誉。事实上，她八成是打算直接处理掉时男的尸体，假装根本没有出过人命吧？然而秀重却不巧受了重伤，于是她索性谎称秀重死了，并把秀重本人藏在了那间小工坊里，怕不是准备瞅准时机，让他逃到东京去。但阿绫意外出现了，她不得不改变计划。

“富久子和文静又不食人间烟火的阿绫不同，是一名刚毅的女性。当她见到阿绫的那一刻起，想必就已经下定决心了。得益于本乡家大小姐的身份，她的生活相当优渥，而妹妹阿绫却没有那么幸运。因此，她或许是打算向妹妹赎罪，或许是决定放弃素行不良的秀重，这才把母亲和本乡家的未来托付给阿绫，然后灌醉秀重，将灯油泼在他身上，接着点了火。

“这就是野毛警官的推理。总之，只要让纵火案看起来像是‘杀人犯’时男和‘孪生妹妹’阿绫共同自杀所引发的，少说也能保全本乡家的颜面。”

君原边说边暗暗打量着孙儿的反应，可树来还是一脸认真地思考着什么。

他估摸着现在的孩子也许无法理解这一切，便把故事接着往下说：

“听到野毛警官叫出自己的名字，阿绫吓了一跳，整个人都僵住了。她低垂着眼站了一会儿，随后突然抬起头来，无声地将脸埋在了野毛警官的怀里。

“野毛警官什么都没说，只是抱紧了阿绫。他深切地感受到了她的心情，在那一刻，他决定用一生来默默守护她。毕竟对他而言，阿绫便是自己的初恋。”

这位巡查部长是如此淳朴，将一辈子都奉献给了辖区的居民。一想起他来，君原便不知不觉间感到有些沉重。

“他俩后来有什么进展？”

孙儿的话把他拉回了现实。

“过去可不比现在，那时候讲究礼数，男女之间没法轻松交往。外加野毛警官再过不久就要被调走了，到时候两人连面都见不着。后来野毛警官和上司推荐给他的女性结了婚，组成了幸福的家庭，阿绫则终身未嫁，全心照顾母亲。

“但即使秀重是杀人犯，阿绫也许还是会自责，认为不该以那样的方式让他入土。后来，阿鹤把秀重的情人光子从N市叫来，将她当成本乡家的儿媳妇接进家门。其实秀重去世后不久，光子的母亲便在自家后头的山崖上失足身亡，她失去了自己唯一的亲人。更令人同情的是，她因母亲丧命，备受打击而流产了。腹中的孩子正是秀重的。可尽管如此，阿鹤依然接纳了她。

“幸好光子做得一手好菜。于是阿鹤、阿绫、光子三人开始经营旅馆，光子的手艺也派上了大用场。当我住在‘本乡旅馆’时，负责为我准备饭菜的正是她。她长得没有阿绫那么美，不过给人的感觉相当不错。

“其实，就算和初恋对象结合，也未必能过上幸福的生活。所以对野毛警官和阿绫而言，这个结局还挺好的。”

忆起坐落在乡野之中的温泉旅馆那微凉而清爽的空气，君原不禁想要故地重游，希望有一天能让树来也去感受一下那番光景……

可树来似乎正一心扑在案子上，眼神盯着地板，整个人纹丝不动，也不知道听没听见爷爷的话。

很快，他又抬起头来，带着几分顾虑开了口：

“其实我不这么认为……”

8

“树来，你有哪里不满意吗？”

君原问道。

如果没有任何根据，树来可不会说这种话。

“不，故事很有意思，我只是在想，这可能并不是真相。”

“是吗？那你认为哪里有古怪？”

听到爷爷的提问，树来微微迟疑了一下。

他偶尔会露出这样的表情，而君原很清楚，这并非因为孙儿还有没能想通的关节，而是顾及他这个老人家的面子。

“我还小，说这话可能不合适……其实我感觉野毛警官是喜欢阿绫姑娘的，但阿绫姑娘心里到底有没有他呀？”

“这个嘛……”

君原小声嘟哝着。

君原所认识的野毛警官是个和蔼的老人家，而阿绫即使上了年纪，也仍然拥有逼人的美貌与品位。这样的女性在年轻时，是怎样看待当年的野毛的呢？不过君原当然不可能知道答案。

“如果阿绫并不爱野毛警官呢？”

“这不就明摆着了吗？阿绫知道野毛警官对自己有好感，于是利用了这份感情。”

“原来如此。”

不可思议的是，君原居然接受了这个说法，心想或许真如树来所言。毕竟野毛看上去就是个好好先生。

“他看破了事实，知道当年被烧死的其实是秀重和富久子，但万一他把这些汇报给上司，本乡家可就不妙了。因此，阿绫之所以会靠在他的胸前，也可能是突然想到要封住他的口。”

君原正在感慨，却被树来打断了。

“不是爷爷您想的那样。阿绫姑娘在秀重办完葬礼的第二天来到本乡村的派出所时，就已经打算利用野毛警官了。她特地向野毛先生打听去本乡家怎么走，又故意昏倒、落下挂坠，接着再把两家互换孩子的秘密告诉他。倘若野毛警官没有提到秀重先生被人杀了，那么她便准备巧妙地诱导对方说出这件事。反正他明显仰慕着富久子小姐。”

“但阿绫怎么知道的？莫非她很久以前就和阿鹤、富久子联系上了？”

“怎么说呢……其实那个出现在派出所的压根儿就不是真正的

阿绫姑娘，而是富久子小姐冒充的。野毛先生分别认识的富久子小姐和阿绫姑娘其实是同一人。富久子小姐没有死。她通过设计，营造出自己已和秀重先生一起葬身于火海的假象，往后便作为阿绫姑娘活下去。”

“那么，被烧死在小工坊里的人到底是谁？”

尽管君原这位退休刑警已经完全被一名小学生牵着鼻子走了，却还是不得不问。

“当然是秀重先生和时男先生那对双胞胎兄弟啦。尸体损毁情况严重，甚至没法判断年龄和性别了对吧？”

树来若无其事地说道。

“可真正的阿绫又上哪去了？”

君原问完，便见孙儿露出了向日葵般灿烂的笑容：

“您还不明白吗？在本乡旅馆为您准备料理的‘光子’就是阿绫姑娘！”

9

“一切都是阿鹤老夫人为了富久子小姐和阿绫姑娘这对双胞胎姐妹所演的戏。”

树来凝视着君原呆怔的面庞，继续解释道，

“阿鹤老夫人肯定很想亲自养育自己的两个女儿吧？可只有儿子

能够继承本乡家，所以她哭着和新田夫妇交换了其中一个孩子。但秀重先生贪婪又傲慢，是个坏儿子，所以我认为阿鹤夫人一直想找机会把阿绫姑娘领回来。后来丈夫清重老先生死了，新田夫妇也不在了，正是绝佳的机会，为此，她甚至能毫不犹豫地杀人。

“不光是性格与品行都很卑劣的秀重先生，她连怀了秀重先生孩子的光子小姐和知道阿绫姑娘真正相貌的时男先生也不打算放过。既然她想把他们一起解决掉，那个方法便是最佳的选择。”

君原一时间说不出话来。

“爷爷，在我看来，不管在庭院里被刺死的是秀重先生还是时男先生，我的关注点其实只有一个，那就是死者穿着木屐。

“毕竟按阿鹤老夫人的说法，他们兄弟俩当晚是第一次在客厅里对话，聊着聊着却干起了架，还从厨房里拿出菜刀，两人一个追，一个逃，闹得很大。在那种危急的情况下，您觉得他们还有那个闲工夫去穿木屐吗？包括阿鹤夫人自己都是只穿着一双袜子就直接跳到庭院里去了。

“即使如此，死者的脚上却穿着一双木屐，于是我不得不认为，阿鹤老夫人的话有假。”

“确实……”

被树来一说，还真是这么回事。

“阿绫姑娘和富久子小姐虽是双胞胎，不过长得并不像，因为双胞胎也分同卵生和异卵生。大概阿鹤老夫人和富久子小姐早就悄悄与阿绫姑娘联系上了。她们母女三人合谋，决定先杀死秀重先生，随后把时男先生叫到本乡村来动手杀害。终于，她们挑选了用人夫妇休息的日子，实施自己的计划。

“秀重先生应该是在案发当晚稍早的时候在庭院里被阿鹤夫人和富久子小姐偷袭了，而时男先生则被她们以商量要事为由相邀，于那天深夜悄悄来本乡家。她们先是假意款待了他，并在酒里下了安眠药。等动手后，只要把时男先生的尸体藏在阿鹤老夫人卧室的壁橱里即可，警方应该不会搜到那里。之后，她们淡定地为秀重先生举行了葬礼，再将尸体从后山的坟墓中挖出来，和死去的时男先生放在一起，浇上灯油，一把火烧了。”

听孙儿分析到这一步，君原也明白过来了。

“就是说——富久子还对野毛警官演了一场戏，目的是让警方相信时男在与秀重打架时刺死了对方，而自己也走投无路，和妹妹阿绫一同自杀？”

“嗯，在秀重先生的尸体被发现的那个早上，富久子小姐往身上喷了香水，接着故意靠近野毛警官；而另一方面，她又假装成阿绫姑娘，穿上简陋的衣服，梳了两条辫子。”

“那么，假‘阿绫’会在派出所抱住野毛警官，也是为了让他清楚地意识到自己没有使用香水啊……”

“没错！打那以后，野毛警官便认定了不用香水但是戴着挂坠的人是阿绫姑娘。”

“假‘阿绫’落下挂坠，被野毛警官获知了双胞胎的秘密，结果阿鹤觉得瞒不下去了，于是对警方交代了一切，案子就此告一段落。这么做即可保住本乡家的面子，真是聪明人！

“但再往后，她们又为什么要再一次误导野毛警官，让他认为实际上被刺杀的是时男，而被烧死的是秀重和富久子呢？在本乡家的庭院里，假‘阿绫’把头埋在野毛警官怀里，可这已经没有意义了。虽说可能是想让他明白自己身上没有香水味……”

君原说得有些脸红，他清清楚楚地记起了那位老警官向当时尚年轻的自己说出实情时的表情，一股苦涩的感觉也随之油然而生。

面对这位陷入困惑的退休刑警，树来则报以微笑，说道：

“野毛警官一开始仰慕的是富久子小姐，而在派出所遇到了阿绫姑娘之后，便迷上了她对吧？一旦他为了寻找阿绫姑娘生前的痕迹而跑去桐里村，那可就麻烦了。”

“有道理……他毕竟是个警察，如果知道阿绫伪装成富久子活在人世，就会在暗中支持她一辈子。”

这是何等狡猾！君原不禁心生感慨。

但令人吃惊的到底是富久子还是树来呢？

“还有啊，既然假借光子之名的其实是阿绫，那么真正的光子已经被杀了吗？”

“嗯，估计是案发之后，光子小姐听说本乡家要接纳她作媳妇，便毫不怀疑地赶过去了，结果死在了那母女三人手里。”

“所以，她受到母亲去世的打击而流产的说法也是假的？”

“嗯。”

“光子的尸体呢？怎么处理？”

“我觉得应该就放在秀重先生的空棺材里吧。那是最佳的藏尸地点。”

“光子的母亲坠崖身亡又怎么说？”

君原只觉得背后生凉。

“应该也是她们仨干的。若想让阿绫姑娘顶着光子小姐的身份活下去，光子小姐的母亲可是个大麻烦。”

祖孙二人相顾无言。

10

君原觉得树来十分可爱，而这份感情其实非常纯粹。

在旁人看来，或许会认为他明明有两个孙辈，却因为树来是男孩就给予偏爱，冷落了孙女麻亚知。但事实并非如此。

君原只是想好好珍惜和树来两个人度过的宝贵时间。

君原硬是屏住了胸中涌起的感情，对孙儿说道：

“对了，你下次什么时候过来？把麻亚知也带上吧！”

“真的可以吗？”

树来的小脸蛋都亮了起来。

君原心想，自己为什么没能早些理解这孩子对妹妹的关爱呢？

“当然可以。”

“哇！太好了！”

树来响亮地答道。

下个月起，树来便是初中生了。他不知道孙儿还能像现在这样过来玩、像现在这样一口一声“爷爷”地黏他黏到什么时候，但情感的纽带一旦建立，便不会轻易消失不见。

幸福并非难事。想到此处，君原轻轻地摇了摇头。

天使的拍球歌

一场谈判破裂了

两方战争打响了

三步并作两步逃跑的是一方的士兵

四面楚歌亦不退缩的是另一方的士兵

五万名高手上战场

六人幸存，其余死光

七月十日那一场战斗

八面威风攻到了敌人老家

九攻拿下敌首的头颅

十指朝天高呼胜利万岁

1

“爷爷，您在当刑警的时候，遇到过‘比拟杀人[1]’吗？”

君原觉得树来的眼睛比平时更显明亮。

树来吃下最后一口甜甜圈，吸着冰块都已融化的冰茶，起了话头。

他们去了车站前的回转寿司店享用晚餐，随后急匆匆地提着甜甜圈和饮品往家赶。当祖孙二人在起居室中对坐着享用完甜品后，漫漫长夜终于开始了。

虽说这是他们的惯例聊天时间，可君原还是得听到孙儿发问后方能放下心来。对于这样的自己，他只能苦笑。

时值五月，清风送爽，在君原家那小小的院子里，树枝上都长满了新叶，看起来雄赳赳气昂昂的，树来也成了初中生。或许是因为他已经改穿长裤了，君原总觉得他在这一两个月里一下子长高了很多，

1　比拟杀人是指凶手按照某个规律依次进行连环杀人行为，而作案的过程就像是在进行模仿或比拟，常见的对标对象包括但不限于诗歌词赋、童话童谣、古书文献、小说或影视作品情节内容甚至其他案件等，亦是推理小说创作中的经典题材之一。——译者注

连举止都开始像个大人了。不过他似乎还是以成为一名推理小说家为目标，照样会跑到身为退休刑警的爷爷家来试图取材。

但这次提出的居然是比拟杀人。

君原觉得挺纳闷的。

“嗯……比拟杀人吗？这可问倒我了。树来，你喜欢横沟正史？”

横沟正史有许多重要作品都被拍摄成了影视剧集，不仅受到推理小说爱好者的喜爱，在喜欢小说或电影的人群里也是无人不知无人不晓。尤其《狱门岛》《八墓村》《恶魔的拍球歌》等比拟杀人题材的名作，简直让人无法模仿。

那净是些脱离常规的连环杀人案，警察也全是无能之辈，但它们毕竟是虚构作品，君原也并非这么不识趣的人，因此不至于对小说大动肝火，反倒读得挺开心的。

不过故事的背景不同于现代社会，小孩子读来可绝不轻松。书里使用的汉字和语法毫无疑问都很难，就连已经迈入老年阶段的君原最近都读不惯那些词句。

可树来这孩子经常随身带着成年人才会看的书，所以肯定已经看完了横沟正史的著作。

“当然啦！我很喜欢他！”

树来用力点了点头。

“但我先说一句哦，会写比拟杀人故事的可不光横沟正史一个。范·达因和阿加莎·克里斯蒂也写过。这类作品在日本和全世界都多得很呢！”

他还是不忘提前叮嘱。

君原明白，其实树来真正想说的是，哪怕不像横沟正史笔下的那类案子也行，总之快告诉他即可。然而，尽管君原本人也很希望能够回应孙儿的期待，但只得照实说自己未曾有此类经历。

“我确实处理过各种案子，不过还真没遇上过比拟杀人案呢。”

君原坦白道。只见树来的表情明显黯淡了下来。

这孩子太可怜了。大老远地乘电车来到爷爷家，结果却没有听到自己想听的故事，真是白跑一趟。

“你想想啊，特地挑选一首童谣，按照歌词所示，用稀奇古怪的手法杀人，再对尸体下功夫，搞得非常夸张——这种事也只会在小说里出现吧？现实中的杀人犯在作案时都拼了老命，哪来工夫玩乐。”

君原不知不觉便安抚起了孙儿。

“嗯……也是……”

树来的回答依然难掩失落。

念及孙儿是乘兴而来的，君原便努力回忆着有没有类似的案件可以说说。这时，他想起了一桩发生在许多年前的连环杀人案。

那段记忆对他而言绝不美好，甚至可以说，那是在他漫长的刑警生涯中，恨不得永远封印起来的一段屈辱史。

即使如此，树来那认真的眼神却拥有着魔力，足以让君原心甘情愿地谈起失败的过往。反正任何工作都有苦有乐，眼下能在此对孙儿坦述自己苦涩的经历，或许其中也自有一番意义。

于是他缓缓地开了口：

“说起来，确实有那么一桩连环杀人案。尽管算不上比拟杀人，不过凶手把古老的拍球歌当成道具来用了。总之带着些诡异的感觉。作案手法倒是没什么特殊的，如果把它拆分成一桩桩独立案件来看，那么每一桩都很普通。”

“什么什么？您快说啦！”

树来的表情一下子生动了起来。

2

那是君原还在C县县警署总署刑事犯罪部搜查一科时的往事。位于C县东北地区的E市内发生了一桩有些古怪的连环杀人案件。

而搜查阵营一开始甚至没有把它看作连环杀人案。

当然了，任何连环杀人案在最初也只是单纯的杀人案，不过在本案中，即便发生了第二桩、第三桩案子，警方也并未意识到那是由同一名凶手所为。倒不如说，每一桩命案都被当成事故处理了。

直到第四桩案子出现后，搜查阵营总算是被惊动了——其实他们从最初便被凶手玩弄于股掌之中。

当时有一家创立于昭和三年（1928）的知名企业，在整个E市内都排得上号，叫作天志产业股份有限公司（简称“天志产业”）。

它的总部位于E市，从事特殊合金的制造与销售，凭借高超的技术实力，稳健而顺利地提升着业绩，旗下拥有三百多名员工。

天志产业副社长——志穗田成男的尸体于昭和四十八年（1973）六月被人发现，死因是殴打致死。

志穗田成男时年七十一岁，虽说顶着副社长的头衔，却无权代表公司对外开展业务、进行交易，每个月只在公司露一两次脸，实质上已经过起了安乐的退休生活。他是天志产业的创始人之一——志穗田宪正（已故）的长子。案发当天早上，他准备外出散步，可刚离开自己家，便遭人袭击身亡。

尸体的发现人是死者的妻子——志穗田芳江，时年六十三岁。因为丈夫迟迟不归，她很担心，于是打算出去找找。结果刚一出门，就看到了丈夫的尸体。死者似乎是被人用钝器在后脑勺施以一击，当警方赶到时，人已经死了将近两个小时。

案发地点是一条沿着公园铺设的道路，白天有不少行人往来，推定的死亡时间是清晨四点半，因此没有目击者出现，警方也未在现场找到凶器。

死者穿着翻领衬衫和长裤，打扮得很随意。按妻子芳江的说法，他连钱包都没带。同时，现场并无盗窃或打斗的痕迹。

他和体弱多病的妻子两个人住在从父母那里继承下来的宅邸里。其实，他还有一个应该成为继承人的长子志穗田则男，但据说长子和他合不来，因此一家人租房居住在隔壁的镇子上。可即使由于这样的原因，他遭到袭击后，被发现得也太晚了。

那时刚好是夏季，只要不下雨，死者就从不间断清晨散步。警方原本怀疑凶手是深知他这一习惯的人，却在他的衬衫表袋中发现了这样的证物。

那是一枚小小的纸片，内容由从报纸上剪下来的字拼贴而成：

七月二十日那一场大会

八面威风打到了大本营

这在外人眼里不亚于天书，但与天志产业有关的人士似乎一眼便明白了其中的含义。

“这是！”

接到通知后匆匆赶来的志穗田则男刚看到纸片上的语句，本已惨白的脸就变得更加僵硬了。

其实，天志产业在前一年被纳入了黑帮“远山帮”旗下。它的统帅正是以抢占企业而闻名的远山诚太郎。世人早已皆知远山做着何等龌龊的生意，在对待天志产业时，这一点也明显没有改变。

天志产业没有上市，是一家典型的家族企业。在创立之初，创始人一族便掌握了公司三分之二的股份，余下的三分之一则分给了员工和合作方，但内部仍有蛀虫乘人不备腐蚀着公司，等社长一派的人发现落入了黑帮的陷阱时，却为时已晚。

别说以前的员工和合作方了，就连站在社长天野久兵卫对立面的志穗田一族以及前社长的续弦、久兵卫的继母——天野由岐子都轻易地投靠了敌方的阵营。结果可想而知，七月二十日召开的股东大会简直乱成了一锅粥。

天志产业是由志穗田宪正（上文已有提及）与天野久兵卫已故的父亲——天野米藏两人共同创立的。

宪正长于技术，而米藏精于销售。两人分别发挥才干，宛如两个车轮，带动着事业的车辆勇往直前，让公司成长起来。可等到公司业绩提升，并在业界取得了一定地位之后，他们也毫无例外地出现了一些不和谐。

对负责技术领域的宪正而言，尽管让主抓销售的米藏当上社长是事出无奈，不过他总觉得对方只是占了分工的便宜；而米藏也有自己的意见，他认为，轻松愉快地搞机械的技术人员根本不理解资金运作和商谈业务有多么辛苦。

不过两位创始人对自己的弱点和对方的实力都心知肚明，因此他们始终没有将矛盾表面化。可当下一辈接过公司之后，便再也按捺不住，很快开始了内斗。不仅销售团队与各级领导，就连最基层的业务员也分成了天野派和志穗田派，两派人马反目成仇。

天志产业之所以会被黑帮敲骨吸髓，公司内部产生分裂当然也是背后的原因之一。最开始，“远山帮”以低息融资为诱饵，打入了天志产业内部，之后便露出本性，毫不掩饰地大肆破坏。在他们的金钱攻势之下，首先倒戈的便是志穗田派，包括当时的专务董事志穗田成男在内，全都极其轻易地向敌人举起了白旗。

然而，让久兵卫社长更受打击的是继母天野由岐子的叛变。即使他们并非血亲，由岐子也好歹是前任社长的遗孀。她持有公司股份，又担任着公司的会长[1]一职，本该守好天野派的大本营才是，却在股东大会上投票反对继子久兵卫成为董事。简直是岂有此理！

不知她此举意在对全方位轻视自己的继子进行报复，还是受到了敌人的影响与蛊惑，可无论出于何种理由，结果都是一样的。天野久兵卫接连失去了社长与董事的身份，可以想象他当时因耻辱而浑身颤抖的景象。

取代他就任新社长的井冈政史自然是“远山帮”的相关人员，帮派把他送入天志产业充当“间谍”；同时，志穗田成男也因“叛变有功”而获得奖赏，从专务董事升为副社长，虽然只是个挂名的副社长。

不过由岐子却贪婪极了。她当时已经年逾七旬，迈入高龄，终生没有生育过，和继子女们的关系也极为恶劣，但溺爱自己的那个游手好闲的混混外甥。她甚至毫无忌惮地公开说过，死后不会留一分钱给亡夫米藏那一脉的孙子们。

1　日本公司的会长一职高于社长，通常由辞职或退休的社长等高管来担任。——译者注

米藏去世后，由岐子独自一人住在宽广的宅子里，过着极度吝啬的生活，用人也只有一个不住家的家政服务员。不仅如此，她似乎还把手里的钱拿去做了类似于放高利贷的生意……总之，各路传言沸沸扬扬，最后集中说她将从米藏手里继承来的天志产业的股份都高价卖给了“远山帮”。

失意的天野久兵卫在那场股东大会召开后的第二个月便上吊自杀了，可他和他家人的恨意，以及被公司残酷地驱逐出去的天野派人员的怨叹肯定不会轻易消失。

由此，志穗田成男的死或许还能说是有理可循，然而警方很快就明白了它只是整桩连环杀人案的冰山一角，而凶手策划的复仇剧已经上演了。

3

“贴在那张纸片上的内容就是拍球歌？”

树来插嘴问道。

也难怪他无法理解。

七月二十日那一场大会

八面威风打到了大本营

在君原第一次听说这段文字时，同样没觉得那是拍球歌，因为它根本不像童谣，含义也让人摸不着头脑。

“是的。不过凶手填了新词进去，所以当然没人看得懂。”

君原详细地解释道。

树来是个活在现代的孩子，在现实生活中估计都没亲耳听过拍球歌。

“树来，你不了解这些用小手球玩的游戏吧？”

“嗯，不太清楚呢，虽然大致上有个概念。”

树来坦率地回答了爷爷的问题。

“那本来是女孩子的游戏。在过去，男孩子和女孩子玩的东西分得可清楚了，男孩子不会带小手球，他们玩面子牌和陀螺，而女孩子玩小弹子、小沙包和小手球。

“不过在我小时候，女孩子们玩的也已经不是那种古老的传统线扎小手球了。它们是用橡胶制成的，比网球稍大一些。玩法也并非用单手去拍它，使它一下一下弹起来，而是大家一边唱着识数歌，一边用脚踢它；或者将它放在膝盖上，让它在双腿之间穿来穿去。

“玩小手球时唱的识数歌和玩小沙包时唱的一样，都是从一数到十。随着唱词，需要做出的动作越来越难，一旦失败了，就要把球交给下一个孩子玩。”

“话说，爷爷您怎么这么清楚规则？该不会您也玩过吧？”

树来的眼里透着笑意。

“不，我有两个妹妹嘛。看到她们在玩，我多少会记住一些。”

君原忍俊不禁。

他回想起了妹妹们玩得热火朝天时的情景。以前女孩子从不穿裤子，但每逢冬天降临，两根棒针总会在母亲手里舞动个不停，织出毛线短裤和袜子给女儿们穿。

“说到识数歌，根据时代和地点不同，确实有很多版本，其中有一首流传很久。”

君原从一捆放置于起居室角落的报纸中抽出一张广告，用马克笔在它空白的背面“唰唰”地写起了字。

树来兴致勃勃地看向他的笔端。写完后，他便把广告纸递给了孙儿。

一场谈判破裂了

两方战争打响了

三步并作两步逃跑的是一方的士兵

四面楚歌亦不退缩的是另一方的士兵

五万名高手上战场

六人幸存，其余死光

七月十日那一场战斗

八面威风攻到了敌人老家

九攻拿下敌首的头颅

十指朝天高呼胜利万岁

“这是什么？”

树来瞪圆了眼睛。

“如何？很有意思吧？”

君原微微一笑。

“这个啊，只是一首童谣，估计并没有深刻的含义。”

“哦，原来如此。”

“凶手把这句‘七月十日那一场战斗，八面威风攻到了敌人老家’改成了‘七月二十日那一场大会，八面威风打到了大本营’之后，就出现了第四名死者对吧……怪不得这句话让人觉得很奇怪。但即使它是拍球歌的一部分，警方又怎么能因此确定那是连环杀人案？说不定它是凶手凑巧摘出来的呢？”

树来好像已经开始挑战谜团了。

“你说得没错，搜查阵营刚开始也没注意到这一点，不过这里头又有好些说道哦！”

君原不慌不忙地开始说明。

4

志穗田成男遇害一案在E市成为话题，人们纷纷谈论着天志产业的副社长居然也能死于非命。“远山帮”的做法本就冷酷无情，再加上天野派和志穗田派之间的对立让全市的人际关系都蒙上了阴影，所有人皆暗自恐惧着，心想不知何时会再出大事。

E市内东本镇的镇警署立刻成立了搜查本部，C县县警署也派出了一队人马参与进去。君原就在那支队伍之中。

刑警通常以两人为一组行动。当时的君原在搜查一科中还算毛头小子，但毫无疑问已是精锐之一。和他搭档的刑警来自东本镇警署，名叫雁场俊夫，是一名年过半百、头发花白的老手，却从不对年轻的君原摆前辈架子。

雁场为人沉默寡言，待人非常细心周到，同时也不会强迫他人，说起话来总是言简意赅，因此所有人都认为他并非无能之辈。然而他本人似乎没有野心，即使一直停留在巡查部长的位置上，也不见他流露出不满的情绪。

“雁场前辈，那张纸片上的句子是什么意思？您怎么看的？”

君原提问道。

“不太清楚。”

雁场歪着头，十分困惑。

但没想到的是，案件本身倒是被轻易告破。

当时，警方将纸片上的古怪内容刊登于报纸上，结果次日就有人主动提供证物。对方是另一桩凶杀案中的死者——牛尾德三的家属。而之后，牛尾德三也被警方认为是整桩连环杀人案中的第三位受害人。

牛尾时年六十四岁，原本就职于天志产业，是一名销售人员。在正常退休后，他因脑梗死而倒下了，并落下了左半身麻痹的后遗症。自此他便在家努力地做复健运动。

大约在两个月前的某天，他出门散步，将之作为一个复健的环节，却掉入家附近的农用水渠中身亡。那时候还是四月下旬，黄昏时天仍亮着，但由于很少有人会往那一带走，因此警方并未找到目击者。

他本就不良于行，于是他的死自然被当作事故处理，没有任何人觉得其中有鬼。可事实上，他的长裤口袋里也有一张小纸片，上面写着：

五名刺客上战场

六人幸存，其余死光

内容同样语焉不详，也同样是由从报纸上剪下来的文字拼贴而成。家人们对此当然是一头雾水，只觉得它给人一种紧张不安的感觉。

不过他们认为也没必要为此大闹，只准备由着它去。然而就在此时，他们从报纸上看到了志穗田成男被杀的相关报道，便急匆匆地赶到了东本镇镇警署。

幸亏牛尾的妻子一直保管着那张纸片，经调查，警方确定其纸质与贴在上面的剪报都与志穗田成男一案中的相同。

既然如此，这两桩案子之间必然存在着联系。更何况两名受害人都和天志产业有关。紧张的氛围在搜查本部弥漫开来。

“这是一首拍球歌啊！”

此时，一名东本镇镇警署的中年刑警指出道。他姓细川，按他的说法，在他小时候，母亲和姐姐常唱这首童谣，女孩子们会伴着它来玩小手球。

搜查阵营的成员全是男性，没人了解拍球歌，包括细川本人也不会唱，只是模糊记得有这么一首童谣。他们迅速去对照了文献，结果板上钉钉，不容置疑。所有人都必须接受事实，即——贴在那两张纸片上的文字明显出自拍球歌！

天志产业当时正被资金周转问题折磨得苦不堪言，于是“远山帮”提出了自己的惯用手法，即向企业提供比银行更为优惠的融资方案，以此为踏板逐步抢占企业。结果，他们成功往天志产业内部送入了共计五名己方人员，具体阵容为董事、销售、财务、行政总务、工厂人员各一人。

随后，这五人便担任着“间谍”的角色，明里暗里都非常活跃。这第三位被害人牛尾德三不是股东，却是销售一部部长（实际上是“间谍”）的心腹，负责收集股东与员工的信息，并从中挑拨离间。

始终反抗“远山帮”的股东只有天野派的六人，其中包括社长天野久兵卫。因此这两桩命案正如拍球歌歌词所示，而警方也当然会倾向于认为案件是憎恨着“叛徒”们的天野派人士所为。

不仅如此，在牛尾家家属提交纸片的翌日一早，警方发现了整桩连环杀人案的第二位死者。

受害人名叫近藤恒昭，时年二十一岁，还是一名学生。他的外公志穗田留吉于七年前去世，他当时从外公手里继承了天志产业的股份，又在去年将它们卖给了“远山帮”。

近藤恒昭喜欢骑摩托车，虽然不是“飞车党”，但会在路面较为空旷的休息日或夜间时分高速驾驶摩托车四处兜风。对他而言，这似乎是最好的解压手段。在四月上旬的某个晚上，他一如既往地跨上摩托车出了门，却于第二天清早五点多被一位在公园内散步的老人发现坠车身亡。

死因是头部遭到重击后出现的脑挫裂伤。而他心爱的摩托车也摔得破破烂烂，就倒在他的尸体前方几米处。

附近并没有可能引发撞车事故的障碍物，警方将他的死亡当作过速驾驶导致的坠车事故，他的家人则在报纸上看到了志穗田成男被害一案后，对他的死产生了怀疑。

事实上，在近藤恒昭的后裤兜里也有一张纸片，上面有两条用剪报拼贴成的句子：

三步并作两步逃跑的是志穗田的兵

四面楚歌亦不退缩的是天野的兵

他的父母找到警方，异口同声地表示他们已经扔掉了那张纸片，但对上面的内容却记得清清楚楚。

这下子，近藤恒昭的死也和天志产业被抢占一事扯上了关系。他之所以会在无障碍物的情况下坠车身亡，莫非因为凶手知道他喜欢飙车，于是设下陷阱，在公园的两棵树木之间拉起了一条细细的绳子？警方仔仔细细地搜查了案发现场，最终在附近的树干上找到了被细绳擦过的痕迹。

至此，警方明白过来——这三位死者必然死于同一桩经过精密谋划的连环杀人案。再加上留在他们身上的纸片，其内容均改编自同一首拍球歌，这让他们不得不认为，很可能在更早之前还存在第一位死者，并且之后会出现第五位死者。

搜查阵营的行动一下子忙碌了起来，而那时候的君原当然无法想象这桩案子会与堪称他从警生涯最大污点的事件产生关联。

5

“那么，第一桩案子是什么时候的事？发生在哪里？被害人不出所料是志穗田派的，还是和‘远山帮’有关的人？而且口袋里也有纸片对吧？”

日光灯映在树来的眼睛里，衬得他的双眸闪闪发光。

“就算你一口气全问了，我也只能一个一个回答哦。”

君原笑着说道，

“搜查阵营尝试彻底排查，以确认最近是否还有猝死的天志产业相关人士。结果他们料中了，还真有这么一位死者。他名叫麻生京辅，已经七十五岁了，原本是天志产业的员工，而且也是股东之一，但他已经退职了，有传言说‘远山帮’收买了他。”

“照这么看，他是志穗田派的啰？”

“正是。他当了很多年厂长，是个彻头彻尾的志穗田派人士。他妻子在案发几年前去世了，他便独自一人生活。他的房子是独栋建筑。在距离志穗田成男死前大约半年时，有人发现他在自己家的浴室中溺水身亡。”

“是单纯的溺水身亡？尸体上没有被人掐脖子或者殴打的痕迹吗？”

“是啊，毕竟他是全裸泡在浴缸里的，就算遭到突袭也没法抵抗。不过当时没有任何人觉得这是凶杀案，反正上年纪的人泡澡溺死也不稀奇。”

“咦？真的吗？那爷爷您不是很危险？！”

树来大声叫道。

话题突然充满了现实感。

君原苦笑着说：

“不，我很安全，因为我的心脏和血压都没有问题。”

君原在这方面还是相当注意的。他不会在酒后洗澡，还打算好好管理营养与健康。这倒不是因为他想长命百岁，而是不愿给别人添麻烦。更准确地说，是不希望由于健康问题而陷入悲惨的境地。

他挥去了心头的阴霾，继续往下讲述：

“尸体的发现者是住在他附近的外甥媳妇。麻生京辅没有孩子，外甥夫妇便不时去探望和照顾他。由于他本人喝了酒，因此亲人对他的死因毫不怀疑。警方当然也对尸体进行了检验，可先入为主真是很可怕的，没有一个人看出他其实死于凶杀。”

通过第二位、第三位死者，警方领悟到了凶手的狡猾。可以确定的是，对方偷偷潜入浴室，杀死了被害人；又或者，被害人其实认识凶手，但对方小心行事，没有留下任何痕迹。

“可是，那张纸片呢？只要看到纸片，警方就会觉得可疑吧？”

听到这里，树来疑问重重。

“外甥夫妇没注意到纸片……因为死者当时是全裸的，凶手很可能把纸片放到了装换洗衣物的篮子里，结果那对夫妇没仔细检查就将衣服都处理掉了。唉，这也不能怪他们就是了。”

听了君原的解释，树来嘀咕了一句“原来如此”，然后便开启了沉思模式。

警方本打算去被害人家中重新调查一番，只是房子已经被拆了，他们不得不放弃。

“很可惜，关键的童谣就这样下落不明了。”

尽管这是毋庸置疑的事实，不过说句实话，搜查阵营并没有特别失望。毕竟他们大致能猜出凶手把那首童谣的头两句改写成了什么样子。

树来似乎也迅速意识到了这一点，忽然抬起头，对君原露出了笑容，说道：

“既然那是第一桩命案，那么警方应该想象得出纸片上的内容吧？比如……‘一场谈判破裂了，两派战争打响了’？”

“正是如此。”

君原也不禁展颜道。

“反正想来想去都只有这一种可能性啦！”

得到爷爷的赞同，树来满心欢喜。

“好了，你知道凶手给第五位死者准备了怎样的童谣吗？而且那实际上正是整桩连环杀人案的最后一位受害人。”

君原试着问了一下，而树来不愧是未来的推理作家，只是略一沉吟便慎重地给出了回答：

“‘九攻拿下久兵卫社长的头颅，十指朝天高呼远山帮万岁’，是吧？”

“没错，你真的很敏锐。”

君原佩服地说道。

“搜查本部的见解和你几乎一致，而且事实也确实如此，凶手的改写真称得上精彩。”

君原快速动笔，在广告纸背面的空白处填上了被改写过的童谣，至此，完整的改编版本终于跃然纸上：

一场谈判破裂了

两派战争打响了

三步并作两步逃跑的是志穗田的兵

四面楚歌亦不退缩的是天野的兵

五名刺客上战场

六人幸存，其余死光

七月二十日那一场大会

八面威风打到了大本营

九攻拿下久兵卫社长的头颅

十指朝天高呼远山帮万岁

像这样将它们写在一起，才让人感受到其字里行间涌现的对志穗田派的怨恨之情。

不消说，搜查阵营立刻出面紧盯公认的天野派股东和职员。然而两者的人数都很庞大，且第一桩命案与第四桩命案之间又隔了很长时间，可以想见对他们全员进行不在场证明调查是何其困难！

其中嫌疑最大的果然当数天野久兵卫的家人，但调查工作立刻便触礁了。久兵卫一家共计十人，包括他的妻子天野喜美、长子天野匡及其妻儿、次子天野卓及其妻儿。不过在案发当时，他们全都拥有完美的不在场证明。

可凶手未必是单独作案，一旦他们与天野派的其他人合谋，分工犯罪，那么饶是警方也束手无策。

“在这种时候，比起逮捕凶手，防止出现第五位死者不是更重要吗？毕竟凶手都对警方下战书了呢！”

树来小心地开了口。

其实根本不需他指出，那无疑是搜查本部当时下达的首要任务。但让人倍感屈辱的是，那项任务最终以警方的失败而告终。

“确实啊！”

君原重重地吸了一口气，开始讲述。

6

假设凶手还有第五个目标，那么对方究竟是谁？搜查本部也就此展开了激烈的讨论。虽然绝不能出现第五位死者，但如果确定不了凶手盯上的对象，就无法去对方身边加以保护。

所有人都认为，最有可能成为下一个目标的是天野由岐子。由岐子虽然不是志穗田派的，但她的背叛给天野派造成了无法估量的伤害。

然而，定式思维往往会导致失败。警方必须对天志产业的新社长井冈政史乃至现任全体董事都做好警备工作，而对“远山帮”同样如此。当然，对活下来的志穗田派成员们也不能大意。

只是面对人数如此众多的保护对象，警方需要提供庞大的警力。即使向邻近的警署请求支援，也无法满足这么大的需求量。鉴于此事关乎警方的威信，搜查本部的刑警们放下一切事务，举全员之力防备着凶手再次作案。

雁场和君原这对搭档也被派去负责警备工作，因此自然舍下了重要的搜查任务。

“这种事到底要持续到什么时候啊？”君原也忍不住发牢骚。

距离第四桩命案发生，已经过去了三周，虽然在那之后未出现新的死者，但警方依旧处于被动状态。君原担忧搜查本部可能正在被凶手牵着鼻子走。

最终，他的担忧成了现实。

案发那天，他和雁场在天野宅邸担任夜间护卫。因为天野由岐子是最有可能被凶手盯上的，于是搜查本部也没法将此重任交给内部的其他人员。毕竟随着案件的进展，警方或许会与凶手直接交锋，所以只能由负责破案的刑警们轮流担任警卫。

由岐子上了年纪，基本上不外出，上门打扫的家政服务员在晚上八点就会离开，因此警备工作比较好做。但君原他们还被告知说，抠门又挑剔的由岐子，即使家政服务员还在场，也不会给警察们一杯茶喝。

天野家的宅邸是建在E市旧市区的日式平房，占地面积广是广，可到底建在街道旁，两边和背后都是普通人家，出入口只有一扇朝北而开的大门。虽说只要有心就能翻过大门或围墙潜入天野家，不过总体而言，宅子的安保设施还算不错。

穿过大门，从正玄关边上进入内侧玄关后，眼前就是一间六张榻榻米大小的房间。它就是警方的临时据点。然而只有一张小小的矮桌和几块薄薄的坐垫堆放在室内一角。幸好当时是夏天，不然这样的房间还真是寒酸到了极点。

晚上八点到次日凌晨四点由君原和雁场负责值班，在与同事交接完毕之后，他抛下忙着细看宅邸平面图的雁场，去和女主人由岐子打招呼。

他听说由岐子也像一般的老人家那样睡得很早，眼下应该在房内。

按照平面图所示，只需走过长长的走廊，再一拐即可看到她所在的房间。那间房间有十个榻榻米大小，平时被作为内客厅使用。

整栋宅邸呈L形，每间房间都装有玻璃门，且可以通过玻璃门直接进入庭院。再加上庭院内没有高耸的树木，因此整个院子都能一览无余。尽管警方人员可以从据点直接盯着由岐子的房间，但此时毕竟已经入夜，整栋宅子的护窗板都关得严严实实的，就连那间内客厅也不例外。

由岐子出面接待了君原，她正如传言那般是一位毫无可亲之处的老妇人，都这个时间了还正儿八经地穿着和服，严阵以待。可她见来人只有君原一人，而且还颇为年轻，便露骨地表达了自己的不满：

“哎哟，今晚只有您一位警官吗？这护卫工作您一个人做得来吗？”

她满脸横肉，目光冰冷；对她来说，未受到警方重视而产生的不快无疑强于可能被歹人袭击的不安。

君原想起坊间传说她在放高利贷，如此看来，那间内客厅的一角确实有一个巨大的保险箱。

“不，警卫工作是两人一组的，请您放心。”

听到君原这么说，对方却回话道：

“我对跟您交班的警官也说过，反正除了上厕所，还请勿擅自出入。您毕竟是男性，在我家晃来晃去的，成何体统？我九点就要睡了。”

真是一句体谅人的话都没有。

君原可算是理解了，心想着正因为对方为人如此，这才会让人起了杀心。不过工作归工作，他绝不会掉以轻心。

既然连厨房都不备茶水，警方人员只得自带饮料。商量之后，君原和雁场都带了保温瓶，里边装着浓咖啡。咖啡是利尿不假，可好歹能驱散睡意。

其实，只要没有发生凶案，那么所谓警备工作便不甚繁重。玄关后面靠走廊侧的拉门、挨着庭院的护窗板及玻璃门都敞开着，于是他们擦亮眼睛，竖起耳朵，怀里还藏着手枪，以便在该出手时立刻冲出去应战。

然而，这项任务比想象中更需要毅力。除了上洗手间，他们都不能动弹。年轻的君原已经有些不耐烦。

直到十一点之后，情况发生了变化。

“哩哩哩哩哩哩哩哩——”

异样的金属声突然响起。

“什么声音？！”

君原和雁场下意识地看向对方。

音量并不算大，只是微微刺耳。若非夜深人静，他们很可能会听漏。但这声音完全没有要停下来的苗头。

“是从庭院发出来的！”

雁场叫道，而君原在他出声之前便已跳到了庭院，连鞋都顾不上穿。雁场也紧随其后。

庭院里漆黑一片。由于两人急匆匆地飞奔出去，手电筒也没带，只能借着月光以及从敞着门的据点里透出的灯光，往声音的方向前进。

“哩哩哩哩哩哩哩哩——”

天野家的厨房位于宅邸一端的尽头，和内客厅几乎处于对角位置，庭院则夹在这两者之间。他们定睛一看，发现音源就在厨房的窗户下边。

“就是这个！”

看样子是闹钟。这么想来，他们听到的还真是闹钟的声音。

君原正要伸手去碰，却被雁场厉声喝止：

“等等！说不定有陷阱！”

他们立刻蹲下，蜷起身体，目不转睛地观察了一会儿，最后终于拿过那个闹钟，然而它怎么看都是一个普通的闹钟，上面没有任何机关。不过雁场依然小心翼翼地关掉了闹铃声。

四下立刻恢复了寂静。

两人安心地长舒一口气，但下一瞬间，又相顾高喊道：

“天野由岐子！”

太大意了！

雁场几乎是跳着起身的，随即便向内客厅冲去，君原也火急火燎地追了上去。

“天野夫人！天野夫人！我们是警察，您还好吗？请回答我们！”

他们一边拍打着护窗板，一边竭尽全力地大叫着。

正当君原开始琢磨是否该从宅邸后面绕到由岐子的房间时，一阵“咔嗒咔嗒”声响起，宅子最边上的护窗板打开了，他们看见天野由岐子正穿着睡衣待在室内。

“是刑警先生吗？我没事，大半夜的，请别把我吵醒。”

白炽灯照在由岐子那张不耐烦的脸上，但光线昏暗，他们看不真切。话音刚落，她便立刻关上了护窗板，根本不听任何解释。

到底是为了谁才这么辛苦啊！君原心头火起，可好歹确认了她本人平安无事，总之还是松了一口气的心情更强烈。

问题是，究竟是谁为了何种目的而设下了闹钟？然而眼下不是细想的时候，两人回到据点后，拿上手电筒，开始在宅邸内巡逻。

尽管他们对进入内客厅还是有所顾虑，但不管由岐子怎么说，不把整个天野家的角角落落都搜个遍的话，他们是无法安心的。

等他们巡逻完毕，确定没有任何异状之后，便再次回到据点。而此时已经过了午夜零点。

或许是因为四处行动，两人感到口干舌燥。于是他们盘腿坐在那张矮桌前，对着加了大量牛奶和砂糖的热咖啡深深嗅了一口。甘美的芳香沁人心脾，让人放松了下来。

“到底是谁干的？”

君原歪着脑袋，困惑不解。

他很想认为那只是一场单纯的恶作剧，可即使如此他也无法理解。毕竟事态都紧张到这份上了，他实在想象不出有人会故意捉弄警察。

“谁知道。”

雁场也露出了困惑的表情，眉头都拧在了一起。

“需要再去看看天野夫人吗？”

但是，他的记忆也就到此为止了。

“喂！你们醒醒！”

两名前来交班的警察猛烈地摇晃着君原和雁场的肩膀吼道。时间也已经过去了将近四小时。

7

“然后呢？”

树来也不知不觉紧张了起来，想必是意识到了情况的严重性。

“我们的保温瓶里被人下了安眠药。似乎是效力短暂的助眠型药物，但我们的咖啡都是自己在家泡好带来的，因此肯定是凶手趁我们被那个闹钟分散注意力的时候，潜入据点下了药。根据检查结果，我和雁场前辈的血液中含有同一种药物。”

“所以您和雁场警官才睡得那么熟吗？由岐子老夫人又怎么样了？”

“她被人用细绳勒死了。死亡推定时间是在午夜一点到两点之间，责任完全在我们！”

警方彻底掉入了敌人的陷阱，导致自己保护的对象遇害身亡。这种心情简直无法用言语来表述。君原一度因为后悔和屈辱而陷入失眠，甚至认真地考虑过辞职。

尽管他最终还是选择了继续当一个好警察，可却从未向人诉说过他曾苦恼到这般田地。

“手枪没被抢走真是不幸中的万幸。凶手瞄准的只有天野由岐子的性命，完全没碰钞票和值钱的东西。她不愧是做高利贷生意的，内客厅里的保险箱中放有借据和将近两千万日元的现金，不过看不出任何被人乱翻过的痕迹。”

君原的语气平静到他自己都觉得不可思议。

“这样啊……”

树来似乎无法掩盖惊讶之情。

“被害人天野由岐子穿着睡衣，纸片也照例出现了，就塞在她的睡衣前襟里。”

君原的声音中混杂着苦涩。

九攻拿下久兵卫社长的头颅，

十指朝天高呼远山帮万岁。

“纸片上的内容和你想象的一模一样，凶手成功躲过了警方的眼睛，完成了连环杀人案。”

“可是，凶手是怎么潜入天野家的？”

树来问道，似乎是想将爷爷从郁闷之中拉回来。

“天野家的大门和玄关确实都上了锁，但我之前也提过，只要存了这个心，就能翻过大门和围墙。估计凶手躲过我们的监视，偷偷潜入庭院，在厨房的窗户下设好闹钟，随后躲到警方据点旁的侧廊底下。等闹钟响起，我们循声赶往庭院时，就溜进据点，在我们留在屋里的保温瓶中下了安眠药。

“为了盯着内客厅，据点的门始终敞开。由于室内亮着灯，庭院里则乌漆墨黑，因此我们能从庭院里看清室内，却无法从室内看清外边。警备工作简陋和松懈这一点确实无可辩解，可警方之前一直都这么守着天野由岐子也没出事。但这下就没法否认，是搜查阵营擅自认定了这种做法具有效果。

“随后，凶手大概趁着我们拍打护窗板的工夫，暂时离开天野家，接着看准了我们搜查完毕的当口，再次悄悄回到庭院内潜伏。直到我们睡着之后，对方又光明正大地进入据点，经过走廊，前往内客厅。

“被害人很可能是在睡梦中遭到袭击的。毕竟内客厅在整栋宅子的最南边，那一侧有两户邻宅，距离天野家非常近，中间只隔着围墙，能够察觉到天野家的动静。而经调查，那两户人家都声称在十一点后听到过响动，可在案发的时间段里却鸦雀无声。

“搜查阵营的结论是，凶手在实施犯罪后，再次经过我们的据点进入庭院，翻墙离开了。想必是先来确认我们已经熟睡，这才悠然自得地踏上了归途吧。”

君原和雁场无疑对这场重大失误担有直接责任，不过这并不是处罚他们二人便能解决的。许多人指责警备方针自身过于松懈，年轻的君原所受到的非难并不像原本担忧的那样强烈。

树来低下头，过了一会儿，又突然抬起头，向爷爷询问道：

“后来抓到凶手了吗？”

“没有，搜查阵营以天野久兵卫的长子天野匡和次子天野卓为中心，对天野派的核心成员们进行了锚定调查，然而案发当晚，他们都没有可疑之举。当然了，要是算上那些被公司开除的员工，那么天野派的人数就过于庞大了，警方没法监视所有人。

“之后，嫌疑人范围的确缩小了，搜查本部也一直都在拼命调查，结果却一无所获，警方就这样陷入了迷宫之中。”

“原来如此。”

树来重新低下头去。

听完爷爷的失败经历，树来会感到低落也情有可原。

君原当时认为，与其找些拙劣的借口，还不如干脆辞职。他向和他负有共同责任的雁场表明决心后，对方给了他一个忠告：

“君原老弟，虽然我已经能看到自己的结局了，但你还年轻，不能把自己的人生断送在这种事上啊！”

“雁场前辈，您打算辞职吗？”

闻言，雁场露出了一个寂寥的微笑，答道：

“搜查本部本来就缺人手，现在脱逃才是真正的不负责任。”

事实上，比起追究责任，当时的搜查阵营追求的是尽早逮捕凶手，把案子给破了。

遗憾的是，警方并没有实现这一目标，但或许是因为凶手已经达成了自己的目的，于是在第五位死者遇害之后，整桩连环杀人案也随之结束了。

同时，搜查阵营中甚至流传着一句自虐式的调侃，称：假如凶手真的想要大开杀戒，那么就应该按照那首拍球歌的第一句到第十句，杀上十个人才对。

而雁场也在一年之后悄然辞职。

“我听说，雁场前辈辞职之前，他的太太因为某种不治之症去世了。如今虽然有医疗费的帮扶政策，可长期与病魔做斗争的话，光是开销就不得了。他当年没有立刻提交辞职报告，想必也是为了太太的救命钱吧。”

君原喃喃道，声音几乎低不可闻。

离开的人和留下的人，各自都有各自的想法。

“爷爷，您能听我说一句吗？”

树来开口了。

8

“我呀，总觉得那桩连环杀人案最大的谜题就在于，凶手为什么要进行比拟杀人。”

也许是由于他一直在思考这个问题，所以声音中毫无半点犹疑。

关于这一点，君原也有自己的看法，因此姑且给出了一个还算说得过去的回答：

“因为想着能掀起轩然大波，有效地让世人知道自己复仇的意图吧？”

“可是这么一来，杀死下一个目标的难度不就提高了吗？若凶手是那种乐于挑战警方的愉快型犯罪者[1]倒也罢了，但目的在于复仇的话，这可真不是个好主意。如果我是凶手，肯定会在杀了那五个人之后再发表改写过的童谣。”

树来照例没有全盘接受君原的说法。

他虽爱看推理小说中那些吸睛惹眼的杀人手法，不过在谈及真实存在的案件时，又会基于现实进行思考。

“你说得对。”

君原认真地面向孙儿，继续讲述道，

“搜查本部中当然也有人认为那首改编过的童谣说不定是障眼法，凶手真正的目标只有天野由岐子一人，为了模糊真正的作案动机，才把案子伪装成与天志产业相关的复仇。”

“照这么说，天野派里有人具备杀死由岐子老夫人的动机？”

“对。就像我方才说的，天野由岐子有个外甥，名叫井藤彻。那家伙不是什么正经人，吊儿郎当的，就连黑道都混不成。只是由岐子

1　愉快型犯罪者是一种心理异常的犯罪者，他们能够通过犯罪过程以及犯罪结果甚至由犯罪所引发的社会效应而感到愉悦、刺激、满足。——译者注

没有自己的骨肉，便特别关照这个外甥，甚至立了遗嘱说会把财产全部留给他。

“井藤彻在案发当晚的不在场证明很微妙，我们也掌握了他因赌博欠下一大笔钱的事实，这已经足够让人怀疑他以遗产为目的而杀了由岐子。这么一来，凶手没有对现场的财物下手便说得通了——反正等由岐子一死，他就能继承所有的钱财宝贝，没必要急着当场搜刮。”

“嗯，说得也是。”

树来点头表示赞同。

然而正是由于真相并非如此简单，警方才会陷入迷局之中。

树来似乎也明白这一点，又迅速追问道：

“既然警方都有怀疑的对象了，为什么没能破案呢？”

“因为我们的猜测很快就落空了。我们还没仔细研究他在由岐子被杀当天的具体行动，便查清他在第二位、第三位死者遇害时，有铁打的不在场证明。

“第二桩命案发生在四月上旬，第三桩在四月下旬，而他那阵子进‘猪笼’了，也就是在拘留所里。最后虽因暂缓起诉[1]而被释放，

1　暂缓起诉指的是检察机关从刑罚特别预防的角度，综合案件情况尤其是犯罪人的情况、犯罪人犯罪后的表现，认为以暂不提起公诉为宜的，可以暂缓提起公诉，并为被暂缓起诉人设定相应的义务。如果被暂缓起诉人在法定的考验期间内，没有违背法定义务，那么考验期限届满，检察机关就做出不起诉决定；如果违背义务，检察机关则立即提起公诉。——译者注

却又因勒索未遂，进了监狱。只不过那毕竟是在其他县发生的事，我们也没法在一开始便充分了解相关信息。”

因此，搜查本部很快得出了结论：既然井藤彻不可能杀死第二位、第三位被害人，那么他也绝对不是整桩连环杀人案的凶手。

然而，当时的君原不久前才出过大岔子，没法光明正大地表达自己的意见。

这并非因为他在任务中出了过错或者违反了相关守则。事实上，雁场和君原都没有受到处分。而道理和感情是两码事，每逢搜查会议，他都觉得周围同事们在用严厉的眼神毫不留情地盯着他，这让他如坐针毡。他实在是没有发言的立场，渐渐地便不打算出声了。

但疑心一旦产生，便绝不会自行消失。直到现在，它都在君原的脑海一角燃烧着。火焰虽小，却难以熄灭。

他心存好奇，想着树来莫非和当年的自己抱有同样的疑问？

“爷爷，爷爷，在这桩连环杀人案中，最先引起警方注意的是第四桩命案，之后再按第三桩、第二桩、第一桩的顺序依次发现了前几桩命案吧？您不觉得这有些奇怪吗？”

树来果然戳中了问题核心。

君原的心脏不禁狂跳。

“树来，你也是这么想的？”

“嗯。”

或许是得到了君原的肯定，树来非常高兴，满足地点了点头。

“我觉得问题最大的是第二桩命案。被害人近藤恒昭先生骑摩托车去公园，结果被紧绷在两棵树之间的绳子绊了一下，坠了车；而凶手目睹了这一幕之后，便把贴有改编版童谣的纸片放在他的口袋里，带走了绳子，没错吧？可是凶手为什么要将绳子带走呢？”

“你果然注意到了这一点。”

君原喃喃自语道。

“当然啊，这虽然可以解释成凶手不希望在案发现场留下东西，但如果那是一根随处有卖的绳子，那么根本就不会暴露自己的身份呀。就因为这么一个小小的举动，搞得被害人家属完全没有重视凶手特地放在被害人身上的童谣节选。

“照着这个思路再往下看，第三桩命案也很难让人信服吧？为什么要让被害人掉进农业用的水渠里呢？这很容易被当成意外哦。按说直接用钝器锤打被害人的头部就行了，就像在第四桩命案中对志穗田成男老先生动手时那样，但凶手的实际行为却又导致第三桩命案的被害人家属同样不理解口袋里的纸片是什么用意，而个中问题正是出在杀人手法上。

“话说回来，警方难道没觉得第一桩命案不对劲吗？看到受害人的死法，大部分人都不会认为那是凶杀案吧？说白了，那就是一名老人家在家中洗澡时淹死在了浴缸里。而且在警方出面之前，连他的家属都从没想过他死于谋杀。

“即是说，这桩连环杀人案的凶手故意让第一到第三位死者看起来像是死于意外事故，如此一来，杀下一个人时便会更容易得手，因为凶手也在提防着警察嘛。不过在我看来，此处依然存在着矛盾——既然凶手坚持要按童谣的歌词来犯罪，那不是该从一开始就不做任何伪装，好让上述案件直观地体现出凶杀案的特点吗？您看我说得对吗？”

“嗯，确实。”

“可是，到了第四桩命案时，凶手却一反常态，把受害人给打死了。这意味着，凶手选择将‘受害人死于他杀’这一事实明确地展示出来，就差直接提醒警方赶紧意识到这是一桩连环杀人案了。而您觉得，凶手这么做又有什么意义呢？”

君原深深吸了一口气。

在很多年以前，他和树来琢磨过同样的问题。尽管如此，他还是放过了解开谜团的机会，任由自己沉沦在屈辱和失败感中。

“我也是，自从第五位死者出现之后，便一直在思考这一点，然后终于得到了一个属于自己的结论。但我从没有对任何人说起过，也没有去验证它的真伪……”

君原不曾料到，时至今日，他居然会说出自己在四十年前悄悄封印起来的假设。

他缓缓地开了口。

9

“那首改编过的童谣，莫不是凶手为了模糊自己真正的目的而写？就像我刚才提过的那样，搜查本部也研究过这个可能性，即凶手瞄准的其实只有天野由岐子一人。至于另外四位死者，全都是被殃及的。

“我的假说虽然也是‘障眼法’，不过和搜查本部的想法略有区别。我觉得那五桩命案并不是同一个凶手所为。其中第一桩命案只是单纯的意外，而凶手从中得到了灵感，连续杀死了三个人，再接着，另外有人搭上了这一连串命案的‘便车’，杀死了第五位死者，也就是天野由岐子。

“抱着这种观点重新审视这五桩案件，便会觉得，第一位死者麻生京辅的外甥和外甥媳妇没注意到那张纸片，其实是可以理解的。因为麻生京辅的死本来就是意外，所以贴有童谣的纸片从一开始就不存在。

“然而，他的死状有异，于是凶手打算制造一桩看似因天志产业被抢占而导致的连环杀人案，来掩盖自己进行家族内部杀人的真实动机，且目标直指第四位死者——志穗田成男。

“麻生京辅是天志产业的股东之一，也是他们公司的退休厂长，完全属于志穗田派。凶手只需利用这一事实，按照改编过的拍球歌实施比拟杀人，警方便不会怀疑到志穗田成男的家人头上。虽说第二名死者近藤恒昭和第三名死者牛尾德三倒了大霉，但他们俩八成是志穗田派中相对容易下手的对象。

“这么一想，就能解释为何第二桩、第三桩命案均疑似事故，可第四桩命案却明显是凶杀案。为了搅乱警方的侦查工作，凶手营造出了还会出现第五桩命案的局面，不过实际上其真正的目的已经达成了。要是警方由此起了戒心，对天野由岐子采取警备工作，结果就算第五桩命案没有发生，凶手也不必担心遭到怀疑，毕竟所谓‘第五个目标’受到了保护。”

“如果是家族内部杀人，那么凶手是尸体的第一发现人，也就是死者的太太？”

此时，一直专注聆听的树来提出了问题。

“不，应该不是。”

君原当场予以了否定。

“志穗田芳江上了年纪，身体又差，除非有证据，不然肯定无法断定她就是凶手。说不定是和父亲关系不好的长子志穗田则男干的呢？他明明是志穗田家的继承人，却不得不和妻儿一起租住在外边。”

人其实会意外因为微不足道的欲念或者情感，而在一瞬间对他人产生杀意。志穗田则男也不例外，或许他已经被旁人无法窥见的憎父之情蒙了心。

对君原而言，则男一脸悲痛地诉说着天志产业遭人夺取时的样子还历历在目。

过了一会儿，树来的话唤醒了沉浸在回忆中的君原。

“那么，是谁杀了第五位被害人？”

“这个嘛……”

当年未能凭借毫不动摇的信心指出凶手的身份，令君原倍感焦虑，他至今仍因没有做自己该做的事而懊悔不已，可已经于事无补。

“果然是井藤彻干的吧？他在案发那晚没有不在场证明，但我不光是因为这一点而怀疑他的。他赌博欠钱，被人追着要债；而且他还是天野由岐子的外甥，很清楚她正处在危险之中，并二十四小时受警方保护。若是那个犯下连环杀人案的凶手能替他杀了由岐子，他的愿望便可实现，然而警方盯得那么严密，他几乎没法指望这种‘好事’发生。如此一来，他八成下了决心，认为只好顶着这桩比拟杀人案的由头，亲自动手。总之，他就是被逼急了。”

“虽说他‘具备动机’且‘没有不在场证明’，不过凶手也未必是他吧？”

树来提出了理所当然的疑问。

“当然啦，我非常注意他的举动。除了那位不住家的家政服务员，便只有井藤彻了解天野家的警备情况，知道搜查本部的刑警每天都在场。说起来，天野派中估计也有人知晓天野家的房屋结构布局，不过他们没法得知警方会以内玄关附近的房间为据点，整晚敞着门，监视内客厅的情况，因此是不可能通过闹钟把我们引到庭院里去的。”

听完君原的说明，树来或许是在一定程度上预料到了这些，便应和道：

“嗯，确实。”

随后，他便低下头琢磨起了什么。

君原一边看着他蓬松的头发，一边把话继续下去：

“当初，搜查阵营对井藤彻的怀疑也主要落在这一点上。那家伙八成是得益于进过拘留所，彻底洗脱了第二桩、第三桩命案的嫌疑，但这反而让他决心来硬的。我们全都被他骗了！”

既然案件性质属于连环杀人案，那么凶手肯定是同一个人——所谓比拟杀人正是最适合用来让警方产生这一既定观念的手段。

君原认为，孙儿恐怕也已经注意到这一点了，可为什么依然一声不吭地看向地面呢？

其实，每当树来专注于思考时，就仿佛听不见任何声音一般。君原正开始寻找下一个话题，树来却小声嗫嚅道：

“其实我不这么认为……”

10

“你是怎么看的？”

听到君原的问题，树来抬起了头，答道：

“井藤先生是由岐子老夫人的外甥，所以了解天野家的房间布局以及警备情况——这个说法没有任何问题，可我想他应该不至于连您和雁场刑警会带着保温瓶去现场都知道吧？就算特地放了闹钟，把站岗的警察引到庭院里去，结果发现他们给自己准备了易拉罐装的果汁，那该怎么收场？不然的话，保温瓶中也可能装着冷水，一旦被掺入了安眠药，警察们只要一喝就会发现味道不对，总之，这样的计划实在草率了些，不是吗？”

“啊，的确如此。”

君原恍然大悟。

树来的见解十分尖锐，让人无言以对。

“那么，树来你是怎么想的？是有什么其他想法吗？”

闻言，树来用力点了点头，说道：

“凶手究竟为什么要进行比拟杀人呢？当然，我认为这是障眼法。不过对凶手来说，比拟杀人的优点仅此而已吗？”

他的双目熠熠生辉。

他大概已经得出结论了，于是认真地盯着爷爷的眼睛，语带慎重地讲起了自己的观点：

“从那首改编过的童谣来看，最有可能成为第五位受害人的是由岐子老夫人，这一点没有问题吧？也正是因此，警方才会开始对天野家采取警备工作。再说了，这项任务并没有被交给从其他警署赶来的支援部队，而是由搜查本部的刑警轮流负责的。

“不管怎么想，这对天野派的人和井藤彻来说都不是好事哦，毕竟光是靠近天野家就已经很难了。但对提供警备的一方而言，倒有了光明正大出入天野家的好机会，换句话说，这是一大优势呢。”

君原一时之间没法消化孙儿的话，心想着树来在说什么？“好机会”是怎么回事？“优势”又是怎么回事？

“难道说……”

君原噎住了，而树来的眼神却认真而又锐利。

“就是这么回事。爷爷，按我的想法，这桩连环杀人案的凶手是警察。”

树来的声音听起来非常遥远，有那么一瞬间，君原只觉得自己眼前一黑。

“是……雁场前辈？”

君原回想着雁场警官，回想着那位沉默寡言的搭档——案发当晚，他们一起去天野家，一起站上了自己的工作岗位，一起冲向庭院，一起仔细检查宅子，一起睡死过去……自己的搭档居然是凶手？这怎么可能？！

看着呆愣愣地自言自语着的爷爷，树来对他点了点头，表示肯定。

“那天晚上，爷爷您和雁场警官两人一组，负责天野家的警备工作，可您也不是一秒都没离开过他吧？包括您去向由岐子老夫人打招呼的时候、您和雁场警官分别去上洗手间的时候，你们都是分头行动的。所以雁场警官完全有可能趁着这些机会，在庭院里设下闹钟，并往您的保温瓶里下安眠药。

“而且知道您带了热咖啡的，也只有您的搭档。他大概用‘咖啡提神’等理由，若无其事地诱导了您吧？”

君原哑然，一时说不出话来。

“从晚上八点到第二天凌晨四点，整个天野家只有由岐子老夫人、雁场警官以及爷爷您，因此只需让您睡着，就没有人能妨碍作案过程。我估计雁场警官一直在等待那一天的到来。

“他最开始先把偷偷带来的闹钟定在深夜十一点多响铃，随后将它放在位于庭院一角的厨房的窗户下边。由于据点的护窗板和玻璃门都敞开着，您绝对听得到铃声。

“深夜，铃声到点响起，你们飞奔出去，找到闹钟并关停，再赶去内客厅，大叫着拍打护窗板，由此确定由岐子老夫人平安无事之后，你们又一起把宅子查了个遍。

“如此一来，他便让您好好确认了那时的由岐子老夫人和天野家都没有异状。于是，你们回到了据点，但他只是闻了闻热咖啡，并没有喝下。等您因为安眠药生效而睡着，接下来的事就好办了——因为他只需杀死被害者，然后重新回到据点，喝下自己那瓶已经加了安眠药的咖啡，悠悠入睡即可。”

怎么可能？！

君原出自本能地想要反驳，却意识到自己根本没有任何能够否定上述推理的依据。

他愕然了。

“雁场前辈的动机是什么？”

他总算想到了这一点。

“不知道，毕竟推理素材实在太少了。”

树来淡淡地答道。

“但是，雁场警官想必是向由岐子老夫人借了钱吧。自己的太太得了重病，他很需要钱，我怀疑他和由岐子老夫人之间存在利息高昂的债务关系。她放的债都跟高利贷差不多了，收账时肯定也很严苛。为了保护太太和自己，雁场警官终于动手犯罪了。”

想到雁场确实在太太去世之后不久便辞了职，君原感觉胸口堵得慌。

“我认为，雁场警官得知麻生老先生在自己家的浴缸里淹死之后，就像爷爷您方才说的那样，利用这起事故，构思了这一整桩与天志产业被抢占一事相关的连环杀人案。他对那首拍球歌的前十句进行改写，再由麻生老先生开始，把那十个句子分配给五位死者。而后，一直到他准备对真正的目标，也就是第五位死者——由岐子老夫人下手时，才在第四桩命案中做了手脚，让人们察觉到那是一桩比拟杀人案。现在您应该已经明白了吧？”

君原无声地点点头。

“这下子，警方便会成立搜查本部，尽全力查出凶手是谁，同时保护由岐子老夫人；而身为东本镇镇警署的一员，雁场警官本就将在队伍中登场，再加上他是一名‘老将’，所以进入搜查本部在一定程度上可以说是他主动请缨的吧?

“当然，如果只杀死由岐子老夫人一人，也可以采用其他的方法，可为了取回对方手里的借据，无论如何都得进入天野家的宅邸。不然即使由岐子老夫人去世了，她的继承人——井藤先生也照样会问雁场警官要债。”

“他故意以比拟杀人的形式作案，目的就在于制造出亲自负责警卫工作的机会?”

听到爷爷这么说，树来微微笑了。

“对哦。想要打开装有借据的保险箱，最好的办法就是威胁由岐子老夫人，让她去开锁。毕竟外人不知道密码，一旦暴力破坏保险箱，找她借过钱的人便会遭到警方的怀疑。这么一来，还真不好说什么时候会查到雁场警官头上。”

君原赞叹不已——这孩子不知不觉间已经成长了这么多!

“雁场前辈是用枪抵着被害人，从而取回借据的吗?”

其实，刑警也无法随心所欲地配枪行动，不过案发那晚，雁场和君原都怀揣着手枪，因此能够不做准备、不加隐瞒地带着这种具有绝对威慑力的工具走动。

“他只是威胁了被害人，并没有开枪，不必担心用枪一事会暴露。而等由岐子老夫人照原样关上保险柜之后，他便用绳子勒死了她。”

“接下来，前辈就把贴有改编版童谣的纸片塞进由岐子的睡衣前襟，由此完成了这桩比拟杀人案。”

君原深深地叹息着。

“君原老弟，虽然我已经能看到自己的结局了，但你还年轻，不能把自己的人生断送在这种事上啊！”

雁场在说这句话时，心中到底是怎样的感情?

然而，君原又突然想到了一个全新的问题。

“我也觉得你的推理完全站得住脚，只是这套逻辑同样适用于我哦。毕竟没有任何证据证明我没有向天野由岐子借过钱。”

他期待着孙儿会如何回答。

“爷爷您可真会扯，您不可能杀人的啦！”

树来露出一个大大的笑容，驱散了君原心头的阴郁，令他也跟着笑了出来。

随后，树来很快又收敛了表情，一脸认真地说道：

“我之所以把您排除在嫌疑人之外，并非看在您是我的爷爷的份上，而是因为您属于县警署的搜查一科。就算东本镇镇警署的辖区内出了命案，您也未必能参与调查。所以说，哪怕您计划进行比拟杀人也是白搭。这是第一条理由。”

事实还真像树来所说，尽管君原是一名退休警察，但他似乎已经有些混乱，连这点常识都搞不清了。

树来继续说道：

“还有，我之前听您讲述的时候，就注意到——雁场警官坚决不在由岐子老夫人面前露脸。您抵达天野家的时候，去内客厅向由岐子老夫人打招呼，而雁场警官却没有和您一同前往，说是忙着确认宅邸的平面图，不过事实真的如此吗？

“我记得由岐子老夫人对您说：‘哎哟，今晚只有您一位警官吗？这护卫工作您一个人做得来吗？’这说明，之前过来担任警卫的警官都是两人一起去找她的，对吧？

“之后，当你们确定有人在庭院里设了闹钟时，尽管还有从宅子里绕过去的路线可以选，他却带头跳进庭院，冲向内客厅，与您一起拍打护窗板，大声呼叫她。如此一来，由岐子老夫人打开护窗板时，由于她在明处，而你们在幽暗的庭院里，那么，她应该看不清你们的脸。

“既然您能痛痛快快地和由岐子老夫人打照面，那就肯定没问她借过钱。然而，雁场警官则始终巧妙地不让她看到自己的长相，于是我怀疑，或许他们俩认识。”

君原说不出话。

爷孙俩一时间陷入了沉默。

11

“爷爷，我很尊敬您。”

树来柔和的声音在君原耳中回响。

“我长大后想当作家，虽然不知道当不当得成……不过我没有成为刑警的自信……像警校那种严格的地方，我绝对待不下去。因此我觉得您非常了不起！刑警能够奋不顾身地保护别人，真是最伟大的工作呢！”

听完雁场才是凶手的假说，君原受到了强烈的冲击。但他明白，这是因为自己曾经是一名警察。如果他只是个普通的公司职员，虽说也会因同事犯罪而感到心痛，可估计不会失落到这般地步。

刨除使命感之后，警察只不过是握有权力的人群兼基层的小官员罢了。而此刻，君原却感受到，原来有人能够切实地理解究竟是什么一直支撑着他，究竟是什么让他得以如此骄傲。

树来拥有出色的推理能力以及看透事物本质的洞察力，不会被先入为主的观念所困，着实令君原刮目相看。每次对树来说起自己的过往，他都能深切地体会到这一点。这绝非出于对自家孩子的偏爱，而是他的真实感悟。

他坚信，只要拥有这份能力和这股热情，树来成为推理小说家的梦想就一定能够实现！于是，他对孙儿说：

“作家也是一份很棒的工作，可以为很多人带去快乐哦！”

确实，君原的从警生涯有着数不清的懊悔与愤怒，有着各种各样的所思与所感，但他从不后悔自己作为警察而度过了这一生。

“好了，该睡觉啦。”

说完，君原便悠悠地站起身来。

※本文中包含与当今社会相异的事实与表述手法，或令人在不同程度上难以接受的部分，但考虑到作者本人并没有进行差别对待的意思，以及创作本文时的时代背景，编辑部还是基本保持了本文发表时的原状，未多做改动，还请各位读者予以理解。

北京市版权局著作合同登记号：图字 01-2022-7071

图书在版编目（CIP）数据

反转，追诉时效 /（日）深木章子著；邢利颉译
. -- 北京：台海出版社，2023.3
ISBN 978-7-5168-3486-2

Ⅰ. ①反… Ⅱ. ①深… ②邢… Ⅲ. ①推理小说 – 小说集 – 日本 – 现代 Ⅳ. ① I313.45

中国版本图书馆 CIP 数据核字 (2023) 第 022094 号

反转，追诉时效

著　　者：[日] 深木章子　　　　译　　者：邢利颉

出 版 人：蔡　旭　　　　封面设计：车　球
责任编辑：员晓博　　　　版式设计：李宗男

出版发行：台海出版社
地　　址：北京市东城区景山东街 20 号　　　　邮政编码：100009
电　　话：010-64041652（发行、邮购）
传　　真：010-84045799（总编室）
网　　址：www.taimeng.org.cn/thcbs/default.htm
E – mail：thcbs@126.com

经　　销：全国各地新华书店
印　　刷：北京盛通印刷股份有限公司
本书如有破损、缺页、装订错误，请与本社联系调换

开　　本：880 毫米 ×1230 毫米　　1/32
字　　数：197 千字　　　　印　　张：8.5
版　　次：2023 年 3 月第 1 版　　　　印　　次：2023 年 6 月第 1 次印刷
书　　号：ISBN 978-7-5168-3486-2

定　　价：58.00 元